STUDYBAC

MINI GUID[E]

HISTOIRE-GÉO

NOTIONS CLÉS

GAELLE
BRETENOUX-RANDRIANARISOA

Studyrama
Réussir son avenir

AVANT-PROPOS

Ce petit guide permet en un coup d'œil de réviser les principales notions des programmes d'histoire-géographie du cycle Terminal pour le tronc commun en lycée général et technologique.

Le programme pour les deux années s'articule autour de mots-clés, de concepts, de notions qui permettent aussi bien en histoire qu'en géographie de comprendre le monde tel qu'il s'organise aujourd'hui mais aussi de l'analyser. C'est pour cela que le guide ne propose pas simplement des définitions mais cherche à montrer les dynamiques qui traversent les sociétés humaines et à les situer dans le temps et dans l'espace. Être capable de décrire et analyser la complexité du monde est tout d'abord ce qui est demandé dans les épreuves que les lycéens ont à réussir mais est aussi ce qui permet de développer une citoyenneté libre et active.

Pour faciliter vos révisions, vous trouverez une organisation en deux parties (histoire et géographie) et des entrées alphabétiques. Chaque notion est définie, contextualisée à plusieurs échelles et un exemple est présenté.

Bonne lecture !

SOMMAIRE

7 PARTIE 1 : L'HISTOIRE EN MOTS-CLÉS

PARTIE 1

L'HISTOIRE

CHAPITRE 1

CITOYENNETÉ

1. LES DATES À RETENIR

- **VIe siècle avant notre ère :** En 509 avant notre ère, la cité de Rome met fin à la monarchie. Elle devient une république et les citoyens participent à la vie politique en élisant des représentants. En 508 avant notre ère, Clisthène, aristocrate athénien pose les fondements de la démocratie athénienne : les citoyens participent directement aux affaires de la cité en siégeant à l'*Ecclesia*.

- **26 août 1789 :** La Déclaration des Droits de l'Homme et du Citoyen affirme la citoyenneté en lui donnant un statut juridique et en fait le fondement du lien social.

- **1848 :** La IIe République donne le suffrage universel masculin. Le vote devient l'expression de la citoyenneté dans le système politique français. Les femmes obtiennent la citoyenneté politique en 1944.

- **1992 :** Le traité de Maastricht qui fonde l'Union européenne met en valeur une citoyenneté européenne pour les populations des pays membres. Elle s'exprime par le vote aux élections européennes et la possibilité de recourir à l'initiative citoyenne européenne, instrument de la démocratie participative.

2. LA CITOYENNETÉ : GARANTIE DES DROITS ET ACCOMPLISSEMENT DES DEVOIRS

La citoyenneté se définit comme **l'ensemble des droits et des devoirs permettant de participer à la vie politique et sociale d'une communauté ou d'un État**. Ces droits et ces devoirs sont réciproques, cela signifie que l'État garantit au citoyen l'accès à ses droits et il attend de celui-ci l'accomplissement de certains devoirs. Cette définition de la citoyenneté est celle des démocraties modernes qui se sont construites à partir du XVIIIe siècle en Europe occidentale.

LA CITOYENNETÉ PERMET LA PARTICIPATION À LA VIE POLITIQUE

Le statut de citoyen ou citoyenne permet de **légitimer** la participation à la vie politique de sa communauté ou de son État. Dans les cités antiques, le citoyen est en effet plus qu'un habitant de la cité, il est un membre actif de la communauté politique. À Athènes ou à Rome, la citoyenneté ne concernait donc pas tous les habitants : seuls les hommes libres répondant aux différentes conditions d'accès au statut étaient citoyens ce qui exclut les femmes, les enfants et les non-libres (ou esclaves). Dans les démocraties modernes, la citoyenneté est principalement associée à la **nationalité** : l'exercice des droits politiques est possible par la reconnaissance comme membre de la communauté nationale. Les droits garantis sont les **droits civils et les droits politiques** qui sont **naturels et inaliénables**. Le premier des droits politiques du citoyen est le vote : il exprime la position du citoyen et légitime les gouvernements et les décisions qu'ils prennent. C'est ainsi par le vote que les citoyens et citoyennes expriment leur **souveraineté politique**. Les droits civils regroupent l'ensemble des libertés essentielles (individuelles et collectives) comme la liberté de circulation, d'expression, de conscience... En contrepartie, le citoyen ou la citoyenne doit **respecter les lois, participer aux dépenses collectives par le système de**

l'impôt et défendre la société dont il ou elle est membre si elle se trouve menacée.

LA CITOYENNETÉ EST UN DES FONDEMENTS DE LIEN SOCIAL

À la Révolution française, citoyen ou citoyenne devient un **statut** qui est utilisé pour désigner les membres d'une même société. Ainsi, le citoyen est aussi un **individu** qui échange, interagit avec d'autres citoyens ou citoyennes dans l'espace de la communauté. Chaque membre de la communauté civique possède les mêmes droits et les mêmes devoirs. La citoyenneté régit donc les relations entre les individus au sein de la société. Souvent, il est rappelé que « ma liberté s'arrête là où commence celle d'autrui » : cette phrase met en avant qu'être citoyen c'est aussi **vivre ensemble**. Les droits civils notamment sont des droits individuels. Aujourd'hui, les démocraties modernes connaissent des fragilités et une partie des citoyens et citoyennes font part de leur manque de confiance dans les institutions. Il est souvent appelé à un sursaut citoyen pour participer davantage à la vie de la communauté. Cette participation prend plusieurs formes comme **la démocratie participative** ou la démocratie de proximité (cf. démocratie). Des outils sont donnés pour permettre cet exercice de la citoyenneté : les réunions publiques, les initiatives citoyennes ou dernièrement la Convention citoyenne pour le climat en France. Le modèle est celui de la **gouvernance** : il s'agit d'associer dans le processus de décision les membres de la communauté civile et les autorités politiques.

3. LA DÉCLARATION DES DROITS DE L'HOMME ET DU CITOYEN : TEXTE FONDATEUR DE LA CITOYENNETÉ FRANÇAISE

Le texte est **fondateur** pour comprendre l'histoire mais aussi l'évolution du système politique français. La société d'avant 1789 est dite d'ordres car les sujets du roi sont répartis entre le clergé, la noblesse et le tiers état. Les relations entre les sujets dépendant de leur appartenance à un ordre mais aussi l'accès à des privilèges qui ne sont pas réservés qu'au clergé et à la noblesse. Les **privilèges** sont des lois particulières qui peuvent être accordées par l'autorité politique, le roi, à un groupe d'individus. Dans la nuit du 4 août 1789, les représentants des trois ordres qui se sont réunis en assemblée constituante à compter du Serment du jeu de paume (20 juin 1789) abolissent ce système de privilèges. Il est donc important de recréer les bases des liens sociaux au sein de la communauté nationale et politique. Le 26 août, la Déclaration des droits de l'Homme et du Citoyen est adoptée : les Français ne sont plus sujets mais citoyens. **Leurs droits sont dits naturels et inaliénables. L'égalité entre citoyen est la valeur fondatrice de ces relations sociales.** La déclaration fait des hommes des citoyens actifs dans la vie politique mais les femmes n'obtiennent pas le droit de vote. Les étrangers ne peuvent pas voter non plus. La déclaration est le texte fondateur des chartes et constitutions des régimes politiques français au XIXe siècle et au XXe siècle : cela signifie que l'organisation de l'État doit toujours respecter les valeurs et les principes affirmés par ce texte.

CHAPITRE 2

COLONIES, COLONISATION, DÉCOLONISATION

1. LES DATES À RETENIR

- **1830-1962 :** Le second empire colonial français. En 1830, la France prend la ville d'Alger. Cette conquête marque le début de la deuxième colonisation française. Dès 1863, la France conquiert des territoires en Asie et plus particulièrement en Cochinchine. À partir de 1882, des expéditions sont lancées pour partir à la conquête de territoires en Afrique subsaharienne. En 1939, l'empire colonial français est à son apogée territorial. Après le Seconde Guerre mondiale, le processus de décolonisation s'amorce pour s'achever en 1962 avec l'indépendance de l'Algérie.

- **1895 :** La conférence de Berlin. En novembre 1884, le chancelier allemand Otto Von Bismarck organise à Berlin une conférence où sont invitées les 14 nations européennes engagées dans le processus de colonisation comme la France, la Grande-Bretagne, la Belgique, le Portugal ou l'Italie. L'Allemagne s'est engagée tardivement dans les conquêtes coloniales. Au contraire de ce qui est souvent résumé, la conférence ne « partage » pas l'Afrique mais vise à établir des règles pour encadrer ses conquêtes européennes et en particulier garantir le libre accès commercial aux grands bassins fluviaux et la nécessité d'occuper réellement un territoire pour affirmer le posséder. C'est donc un temps de négociations qui illustre le jeu diplomatique des puissances à la fin du XIXe siècle. En février 1885 est signé « l'Acte général » qui fixe les règles négociées.

- **1946-1962 :** Guerres de décolonisation française. La fin de la Seconde Guerre mondiale ne signifie pas la fin de la guerre pour la France. Cependant, les fronts se situent dans les colonies. En 1946, les indépendantistes indochinois menés par Hô Chi Minh s'arment contre la présence française. Après la défaite française de Diên Biên Phu en mai 1954, l'indépendance est accordée au Laos et au Cambodge, et les troupes se retirent dans le sud Vietnam avec les accords de Genève du 20 juillet 1954. Le 1er novembre 1954, le FLN lance une insurrection en Algérie. Cette guerre de décolonisation s'achève en 1962 avec les accords d'Évian.

- **1955 :** La conférence de Bandung. Bandung se situe sur l'île de Java en Indonésie. Du 18 au 24 avril 1955, 29 pays qui viennent d'être décolonisés se réunissent. Cette conférence est une des premières qui réunit les États dits du Tiers-monde selon l'expression de l'économiste Alfred Sauvy. Autour du Premier ministre indien Nehru et du leader indonésien Sukarno, les pays présents défendent l'idée d'une troisième voie dans un monde divisé par la Guerre froide. Leurs objectifs sont de lutter contre le colonialisme et le racisme et de permettre le développement économique des États nouvellement indépendants et qui n'ont pas connu de révolution industrielle. Les Nations unies deviennent leur tribune car l'organisation mondiale reconnaît l'égalité de tous les États membres.

2. DE LA COLONISATION À LA DÉCOLONISATION : RETOUR SUR LES COLONIES EUROPÉENNES DU XIXe ET XXe SIÈCLES

Colonisation et décolonisation sont deux processus opposés. Ils désignent le mouvement de conquête puis de retrait engagé par les puissances européennes à partir du milieu du XIXe siècle jusqu'aux années 1960. Ces deux mouvements structurent l'organisation du monde mais aussi les relations internationales pendant plus d'un siècle.

COLONISATION ET COLONIALISME AU XIXE SIÈCLE

La colonisation dans le sens contemporain de conquête de territoires par des puissances étrangères n'est pas nouvelle au XIXe siècle. La découverte des Amériques à la fin du XVe siècle avait ouvert une première colonisation dominée par les puissances espagnoles et portugaises. À partir du XVIIIe siècle, les puissances européennes comme la Grande-Bretagne et la France déclarent leurs ambitions coloniales. Les territoires conquis par les puissances européennes sont appelés colonies. Il en existe deux types : les **colonies de peuplement** qui voit l'installation dans la durée de colons venus de métropole. Elles sont peu nombreuses. Les **colonies d'exploitation**, administrées par les métropoles, et qui fournissent les matières premières aux puissances. Les colonies ne peuvent avoir d'échanges qu'avec leur **métropole**, terme désignant la puissance colonisatrice. C'est le système colonial mis en place que l'on peut aussi appeler selon l'expression de l'historien Fernand Braudel une **« économie-monde »**. Il existe une dépendance entre les territoires formant l'empire colonial. Le processus de colonisation est défendu par les partisans du **colonialisme** qui désigne les politiques favorables à la colonisation et représentées par un certain nombre d'hommes politiques comme Jules Ferry et son discours de 1885 sur la mission civilisatrice des Européens dans le monde. La théorie marxiste rapproche colonialisme et **impérialisme** pour souligner la politique de domination que les puissances européennes auraient poursuivi avec la colonisation.

LE LONG PROCESSUS DE DÉCOLONISATION AU XXE SIÈCLE

La fin de la Première Guerre mondiale voit apparaître de manière plus présente les idées anticolonialistes. En effet, les populations colonisées ont participé à l'effort de guerre à l'image des tirailleurs sénégalais de l'armée française. De plus la grande puissance vainqueur de la guerre, les États-Unis, est opposée à la colonisation. Anciennes colonies ayant combattu l'Angleterre pour devenir indépendantes, le pays condamne l'existence des empires coloniaux. Le président américain Wilson le rappelle au point 12 de ses « 14 points » en affirmant **« le droit des peuples à disposer d'eux-mêmes »**. Pour autant les traités de paix renforcent les empires coloniaux britanniques et français avec le système de mandat de la SDN. En 1931, la France organise au bois de Vincennes **l'Exposition coloniale** pour montrer à la population mais aussi aux autres pays européens l'étendue de l'empire colonial français, la « Grande France », signe de puissance. Cependant, la fin de la Seconde Guerre mondiale enclenche le processus de décolonisation. Les populations colonisées défendent leur droit à l'indépendance dans un contexte de Guerre froide où les deux superpuissances, États-Unis et URSS, sont farouchement contre la colonisation. La décolonisation suit deux processus : celui de la **négociation** après la mobilisation des populations colonisées comme en Inde autour de Gandhi qui obtient son indépendance en 1947 ou par la **guerre** comme en Indochine ou en Algérie. Deux phases peuvent être retenues : entre 1945 et 1955 ce sont les colonies en Asie et au Moyen-Orient qui obtiennent leur indépendance et entre 1955 et 1962, l'Afrique.

3. LA GUERRE D'ALGÉRIE, UNE GUERRE DE DÉCOLONISATION PARTICULIÈRE

La Guerre d'Algérie est un évènement essentiel du programme du cycle terminal en lycée général et technologique. Guerre de décolonisation, elle a longtemps été désignée par l'État français comme les « évènements d'Algérie » ou comme une guerre civile. Les mémoires sont donc vives autour de la décolonisation algérienne ce qui a motivé la demande d'un rapport sur la mémoire coloniale en Algérie par le gouvernement à l'historien spécialiste de la Guerre d'Algérie Benjamin Stora. L'Algérie avait un statut colonial particulier : premier territoire conquis en 1830, il est divisé en 1848 en **trois départements et territoires** autour des trois villes Alger, Oran et Constantine. L'Algérie est ainsi une des rares colonies de peuplement de l'empire colonial français. Au début de la Guerre d'Algérie en 1954, il est comptabilisé 984 000 Européens dans les départements tandis que la population appelée « indigène » puis « musulmans » à partir de 1947, représente 9 millions d'habitants. Les deux populations ne possèdent pas les mêmes droits et c'est en Algérie qu'a été introduit en premier le **Code de l'Indigénat**. Les Européens sont ainsi favorisés dans les domaines politiques et économiques. Ces inégalités conduisent à la formation de **mouvements autonomistes puis indépendantistes** dont le principal est le **Front de Libération Nationale** (FLN). L'insurrection de la nuit du 31 octobre 1954 est le début de la Guerre d'Algérie qui dure jusqu'en 1962. La France considère dans un premier temps les attentats et les affrontements comme des évènements intérieurs car comme le défend le ministre de l'Intérieur François Mitterrand, « l'Algérie, c'est la France ». La guerre prend donc **trois formes** : elle confronte la France métropole et l'Algérie colonisée, mais c'est aussi une guerre entre les mouvements algériens voire entre Algériens avec les Harkis qui rejoignent les troupes françaises, enfin c'est une guerre franco-française, celle de l'opinion qui évolue entre 1954 et 1962 (en 1961 est fondée l'OAS, Organisation de l'Armée Secrète pour défendre l'Algérie française). La Guerre d'Algérie bouleverse la vie politique française et voit la fin de la IVe République et le retour en politique du Général de Gaulle. En 1958, son discours appelé « Je vous ai compris » montre le fléchissement de la position française et le déclenchement du **processus d'indépendance acté en 1962 avec les accords d'Évian**.

CHAPITRE 3

CONSTRUCTION EUROPÉENNE

1. LES DATES À RETENIR

- **1951 :** Création de la CECA (Communauté Économique du Charbon et de l'Acier) par 6 États (la France, l'Italie, la RFA et le Benelux : Belgique, Pays-Bas et Luxembourg), qui institue une zone de libre-échange du charbon et de l'acier entre les États membres. L'objectif est de garantir la paix par l'instauration d'un marché commercial entre les anciens belligérants.

- **1957 :** Le Traité de Rome fonde la Communauté Économique Européenne (CEE) qui institue un Marché Commun et permet une zone de libre-échange sans taxe douanière pour l'ensemble des produits qui circulent. L'objectif est de créer une interdépendance des économies des pays membres pour à nouveau garantir la paix. Il est signé aussi l'Euratom pour une coopération autour de l'énergie atomique.

- **1992 :** Le traité de Maastricht institue l'Union européenne qui renforce l'interdépendance gouvernementale des pays membres dans le domaine politique notamment politique étrangère et sécurité. Le domaine économique est affirmé avec l'adoption d'une monnaie commune.

- **1995 :** Les accords de Schengen, adoptés en 1985, sont appliqués et instaurent la libre circulation entre les territoires des populations des pays signataires.

- **2004-2005 :** Adoption par les chefs d'État des pays membres de l'UE de la Constitution européenne mais rejet lors de référendum par la France et les Pays-Bas.

- **2007 :** Le Traité de Lisbonne est ratifié par les 27 États membres de l'UE et entre en vigueur en 2009. Il vient, après l'échec de la Constitution européenne en 2005, relancer la refondation de l'UE en faisant du Conseil de l'Europe une institution à part entière et affirme de nouveaux droits aux citoyens européens. Il va moins loin que le traité constitutionnel.

2. DE LA CEE À L'UE : 50 ANS DE CONSTRUCTION EUROPÉENNE

L'histoire de la construction européenne est complexe mais montre les nouvelles relations que les États tissent dans une Europe meurtrie par deux guerres mondiales. Elle s'inscrit aussi à l'échelle mondiale dans les nouveaux rapports de puissance qui s'établissent entre les États vainqueurs de la guerre. Aujourd'hui, l'Union européenne est le cadre institutionnel de plus de 447 millions d'habitants.

UNE CONSTRUCTION DITE FONCTIONNALISTE

Au Congrès de la Paix en 1849, Victor Hugo affirme dans son discours qu'« un jour viendra où il n'y aura plus d'autres champs de bataille que les marchés s'ouvrant au commerce et les esprits s'ouvrant aux idées » pour défendre l'idée d'une **coopération entre nations européennes**. Après la Seconde Guerre mondiale, cette volonté de construction s'affirme en 1948 lors du Congrès de La Haye qui pose les bases d'un projet d'unité des pays européens. Les Pères de l'Europe (cf. *Acteurs et Actrices clés*, Histoire-géographie, Studybac, Mini Guide de survie, Studyrama, 2021) comme Jean Monnet ou Robert Schuman posent une première pierre avec l'instauration de la CECA en 1951. Les débats depuis 1948 se cristallisent entre **les unionistes et les fédéralistes**. Les seconds défendent l'idée d'une Europe supranationale qui se doterait d'une autorité supérieure aux États membres qui délégueraient des compétences. Les premiers préfèrent une union des États, une coopération qui n'enlève pas leur souveraineté mais permet des échanges interétatiques. Robert Schuman défend le fédéralisme européen mais les tensions entre les deux courants le conduisent à adopter une approche fonctionnaliste : pour amener à plus d'union, il faut construire la coopération domaine par domaine. L'économie est le domaine où la coopération est plus facile à mettre en place. En effet, l'aide donnée par les États-Unis pour permettre la reconstruction, le plan Marshall, nécessite une coopération des États qui la reçoive. Les États-Unis soutiennent cette construction européenne, gage de paix et de stabilité et qui permet la réintégration de l'Allemagne (encore RFA) dans le concert des nations. L'objectif à terme est la création d'une Europe supranationale.

FORCES ET LIMITES DE L'UNION EUROPÉENNE

L'histoire de la construction européenne montre que les tensions entre fédéralistes et unionistes sont présentes à chaque étape. L'UE n'est pas une fédération : les chefs d'État des pays membres prennent les décisions et impulsent la politique de l'Union dans le cadre du Conseil européen. Ils nomment les commissaires de la Commission européenne. Les ministres de chaque État membre se réunissent dans le cadre du Conseil de l'Union européenne. Ainsi, les États ont gardé une grande souveraineté. Mais l'UE possède des institutions propres comme le Parlement européen qui est élu au suffrage universel depuis 1979. Elle possède aussi une Banque centrale européenne et s'est dotée d'une Cour de justice. Le modèle est donc entre unionisme et fédéralisme. Cela en fait **l'organisation régionale la plus aboutie à l'échelle mondiale** mais c'est aussi une difficulté car les négociations entre 27 États membres depuis le départ le 31 janvier 2021 du Royaume-Uni (cf. intégration régionale – Géographie) sont souvent tendues. L'Union européenne traverse une crise et le Brexit montre la nécessité de rapprocher les institutions des citoyens pour assurer sa pérennité.

3. LA MISE EN PLACE DE L'EURO DE 1992 À 2002

L'adoption d'une monnaie commune montre le fonctionnement de l'Union européenne et illustre les tensions et les succès de la construction de l'organisation régionale. L'idée d'une **union monétaire** apparaît au début des années 1970. La crise économique qui découle des chocs pétroliers et la décision de mettre fin à l'étalon-or pour la convertibilité du dollar par les États-Unis, poussent les États membres de la CEE à réfléchir à une monnaie forte qui permette de faire face à la crise. Cette union monétaire prend forme avec le Traité de Maastricht et les États s'engagent formellement en 1995 pour décider d'une monnaie unique. Mais il faut que cette transition ne déstabilise pas les économies nationales. Les tensions entre unionistes et fédéralistes réapparaissent. Il est alors décidé que les États engagés dans l'adoption d'une monnaie unique s'engagent dans le **Pacte de stabilité et de croissance** : si l'euro est la monnaie unique gérée par la Banque centrale européenne, les politiques budgétaires restent nationales. Le 1er janvier 1999, l'euro est une monnaie légale et les taux de change sont décidés. Le 1er janvier 2002, l'euro apparaît en monnaie et en billet. La zone euro est instituée et compte en 2020 19 pays ainsi que 4 micro-États non-membres de l'UE (Andorre, Monaco, Saint Martin et le Vatican).

CHAPITRE 4

CRISE ÉCONOMIQUE (DE 1929 À 2008)

1. LES DATES À RETENIR

- **1873-1896 :** La Longue Dépression. Vienne reçoit l'Exposition universelle. Au même moment, sa bourse s'effondre de 30 %. La surproduction industrielle ainsi que la spéculation immobilière du fait de la politique des grands travaux urbains déclenchent une crise économique qui touche rapidement l'ensemble des pays d'Europe à l'exception de la Grande-Bretagne et les États-Unis. Pour contrer les effets de la crise, les États se tournent vers le protectionnisme et un nouveau mode de régulation qui voit les autorités publiques intervenir dans la vie économique. La croissance stagne jusqu'au milieu des années 1890 où la crise s'arrête. C'est le temps de la Belle Époque.

- **1929 :** Le « jeudi noir » du 24 octobre 1929 voit la bourse de Wall Street connaître un effondrement des valeurs des actions suite à l'offre à la vente de plus de 13 millions d'actions. L'offre étant plus importante que la demande, la Bourse s'effondre. La crise touche les banques et le système de crédit. Les industries connaissent une surproduction. La crise s'étend à l'Europe jusqu'en 1932.

- **1973-1975 :** Les deux années marquent souvent la fin des Trente Glorieuses. Le conflit israélo-arabe au Moyen-Orient provoque dans la région des tensions politiques mais aussi économique. La Guerre du Kippour en 1973 déclenche les chocs pétroliers de 1973 et 1975. Les pays producteurs de pétrole réunis dans une organisation appelée OPEP et majoritairement situés au Moyen-Orient décident de baisser leur production et en conséquence augmente le prix du baril de pétrole pour marquer leur opposition à Israël et ses alliés. Les pays occidentaux, très dépendants en énergie et en particulier en pétrole, ont besoin des importations. Le prix du pétrole augmente et le déficit des pays avec. Cela engendre une crise économique importante avec une hausse du chômage et une inflation importante pour éviter la récession. Pour certains économistes, c'est le début des « Trente piteuses ».

- **2008 :** La crise des *subprimes* est le nom donné à la crise économique mondiale qui commence aux États-Unis durant l'été 2007. La spéculation immobilière, comme en 1929, est à l'origine d'une crise boursière et bancaire importante. Plusieurs banques connaissent des faillites provoquant une panique de la part des populations. Pour éviter un chaos financier, les États interviennent en soutenant le secteur bancaire. La crise de 2008 a touché les populations les plus précaires et est présentée comme une crise de la mondialisation libérale.

2. LES CRISES ÉCONOMIQUES : UN MAL DU MONDE LIBÉRAL ?

Les révolutions industrielles et le processus d'**industrialisation** que les États connaissent à partir de la fin du XVIIIe siècle pour les premiers s'appuient sur le **libéralisme économique** comme théorisé par le philosophe et économiste **Adam Smith** en 1776 dans *Enquête sur la nature et les causes de la richesse des Nations* où s'exprime pour la première fois la doctrine du « laissez faire » économique. C'est à la lecture de ce système économique que l'on peut comprendre les crises économiques.

LE LIBÉRALISME ÉCONOMIQUE

Le libéralisme est une doctrine économique qui met au cœur de son système le **marché**. Selon Smith, le marché se construit par le travail de l'homme, motivé par ses **intérêts privés**. Lorsque l'homme agit pour parvenir à la réalisation de ses intérêts personnels, il concourt cependant à l'intérêt général. C'est pour cela que le marché doit garantir la **libre-concurrence** car la concurrence entre les différents intérêts privés permet de garantir la balance de l'offre et de la demande. Cette théorie est conceptualisée au moment où l'Angleterre entre dans sa phase d'industrialisation. Les grands champs communaux deviennent des enclosures, le marché de la laine devient concurrentiel et l'offre et la demande dynamisent la bourse de la City. C'est un temps de **décollage économique** qui finance l'industrialisation du pays. Le modèle se diffuse progressivement à l'ensemble des États européens et aux États-Unis. Il s'accompagne du **capitalisme** qui est un système économique qui défend la propriété privée des moyens de productions et l'accumulation de capital pour permettre le profit.

LES CRISES : SYMPTÔMES DES LIMITES DU MODÈLE ?

Dans la théorie libérale présentée par Adam Smith, le marché est capable de se réguler par lui-même pour éviter l'anarchie économique : c'est la théorie de la **main invisible** qui s'explique par l'équilibre que la concurrence des intérêts privés construit. En effet, le libéralisme est une philosophie morale et il existe des règles propres au marché. Pour Smith, les États n'ont donc pas besoin d'intervenir et doivent permettre au marché de s'épanouir dans un cadre de paix. Pour autant, le **libéralisme est critiqué** dès le XIXe siècle par des économistes et philosophes comme Karl Marx par exemple (cf. socialisme et communisme). Les crises qui se multiplient à partir de la fin du XIXe siècle poussent les États et les sociétés à débattre du modèle libéral. En effet, les crises économiques qui ponctuent l'histoire économique du XXe siècle voient l'intervention de l'État pour limiter la récession. Cet **interventionnisme** est contraire au modèle de Smith. L'État guide les politiques économiques entre protectionnisme et ouverture, entre soutien à l'initiative privée et régulation étatique.

3. LA CRISE DE 1929 : UNE CRISE MONDIALE

La crise de 1929 naît à la Bourse de Wall Street, à New York (cf. dates à retenir). La « bulle spéculative » éclate entraînant la **ruine des actionnaires** qui retirent leur argent des banques et qui entraîne leur faillite. Les consommateurs n'achètent plus ce qui conduit à une **crise de surproduction** dans le secteur industriel et agricole. Les usines ferment et des productions sont détruites. Le chômage augmente fortement. La pauvreté touche de plein fouet les ouvriers industriels et agricoles qui sont jetés sur les routes comme il est mis en scène dans le roman de l'écrivain américain John Steinbeck, *Les Raisins de la colère* (1940). Les États-Unis retirent leurs capitaux d'Europe ce qui étend la crise à l'Europe et au monde à partir de l'année 1930 notamment en Allemagne mais aussi en France et en Grande-Bretagne.

Le président américain F.D Roosevelt s'inspire des idées de l'économiste John Maynard Keynes qui défend l'idée d'un interventionnisme de l'État dans l'économie. Il est alors mis en place le **New Deal** ou nouvelle voie qui est une politique de redressement économique lancée de 1933 à 1938. Les solutions proposées par la politique de New Deal pour sortir de la dépression sont les suivantes : le retour à l'emploi par des embauches et des investissements de l'État (avec une **politique de grands travaux** comme la construction de barrages, etc.), **soutenir les couches les plus pauvres** de la population comme les agriculteurs en réduisant la production pour faire remonter les cours, en distribuant des subventions par l'AAA (l'*Agricultural Adjustment Act*) et la **réforme des marchés financiers** (réouverture des banques après examen par l'État de leur solvabilité, garantie des dépôts dans la limite de 5 000 dollars par déposants…).

CHAPITRE 5

DÉMOCRATIE

1. LES DATES À RETENIR

- **En 508 avant notre ère**, Clisthène, aristocrate athénien pose les fondements de la démocratie athénienne : les citoyens participent directement aux affaires de la cité en siégeant à l'*Ecclésia*. Le débat entre citoyen est l'outil de décision de la démocratie athénienne.

- **4 juillet 1776 :** Les treize colonies britanniques en Amérique du Nord déclarent leur indépendance. Cette déclaration, rédigée et signée par les représentants des colons, affirme la souveraineté nationale et choisit le régime républicain pour assurer un gouvernement juste des nouveaux États-Unis.

- **26 août 1789 :** La Déclaration des droits de l'Homme et du Citoyen défend aussi l'idée de la souveraineté citoyenne et nationale. Le vote est l'outil de la démocratie politique.

- **1947-1991 :** La Guerre froide met face à face deux modèles de démocratie : la démocratie libérale défendue par les États-Unis et ses alliés face à la démocratie populaire prônée par le modèle soviétique. La démocratie est donc plurielle.

2. LA DÉMOCRATIE, UN MODÈLE DE GOUVERNEMENT

Il est prêté au président des États-Unis Abraham Lincoln d'avoir prononcé ces mots pour définir la démocratie comme « le gouvernement du peuple, par le peuple et pour le peuple ». La démocratie est ainsi une forme d'organisation politique qui repose sur la **participation des citoyens** au gouvernement de leur communauté ou de leur État.

LES CRITÈRES DE LA DÉMOCRATIE

Comment définir que tel gouvernement est démocratique ou non ? Il existe aujourd'hui un **indice de démocratie** qui évalue annuellement le niveau de démocratie des États et dont le classement est réalisé et publié par la revue *The Economist* depuis 2006. 60 critères sont pris en compte comme le pluralisme politique, le respect et l'accès des droits et libertés civiles, le processus électoral, le développement d'une culture politique… Les deux critères principaux demeurent le **respect de la liberté politique et l'organisation d'élections libres**. Pourquoi ces deux critères permettraient d'évaluer le caractère démocratique d'un régime ? Dans le modèle démocratique, la liberté d'expression est essentielle pour garantir la liberté de choix aussi bien dans la sphère privée que dans la sphère publique. Cette liberté ne doit pas être entravée car c'est le libre choix des citoyens qui **légitime** la mise en place d'un gouvernement et ses actions. Ce libre choix s'exprime à travers le vote car le modèle dominant est celui de la **démocratie représentative** : les citoyens et citoyennes choisissent, par le biais des élections, des représentants qui prennent les décisions pour l'intérêt de tous.

UNE DÉMOCRATIE OU DES DÉMOCRATIES ?

Les réflexions sur la démocratie moderne comme mode de gouvernement et modèle politique ont été portées par Alexis de Tocqueville dans son essai *De la démocratie en Amérique* publié en 1835. C'est le modèle de la démocratie représentative qui est analysée : la démocratie apparaît comme un mode de gouvernement novateur mais aussi dans la continuité des monarchies du XVIIe. Tocqueville réfléchit aussi aux limites de ce modèle pour se prémunir d'une **« tyrannie de la majorité »**. La liberté doit être sauvegardée et ne pas se soumettre à l'égalité pour éviter le despotisme. La majorité doit travailler pour l'intérêt général et non pour celui de la majorité. La démocratie est ainsi un modèle qui peut être critiqué. Elle est surtout **multiforme** : si la démocratie représentative s'est imposée dans les États contemporains, d'autres modèles démocratiques ont été tentés ou sont pensés. La question du retour de la **démocratie directe** comme dans la cité athénienne avec un tirage au sort des décideurs est parfois évoquée par les critiques de la démocratie représentative. Avec l'intégration régionale, de nouvelles formes de démocraties apparaissent comme la **démocratie déléguée** dans l'Union européenne ou la **démocratie participative**. La démocratie est donc un modèle politique qui se renouvelle et se réinvente.

3. LA DÉMOCRATIE PARTICIPATIVE ET LE RENOUVELLEMENT DU MODÈLE DÉMOCRATIQUE

En 2019, le gouvernement français constitue la **Convention citoyenne pour le climat** qui réunit 150 citoyens tirés au sort pour travailler autour de mesures à proposer afin d'agir contre le réchauffement climatique et développer plus de justice sociale. 149 propositions sont présentées au président de la République Emmanuel Macron qui promet un vote à l'Assemblée ou un référendum. La mise en place de cette Convention est décidée après le grand débat national organisé par le gouvernement pour échanger avec les citoyens suite à la crise des Gilets jaunes. Ces différentes actions sont des exemples de la démocratie participative qui vise à permettre aux citoyens et citoyennes de participer directement aux décisions ou d'être consultés en dehors du calendrier électoral autour de thèmes et sujets politiques ou sociétaux. À l'échelle européenne, cette démocratie participative peut s'exercer par le biais de l'**Initiative citoyenne européenne** qui permet aux citoyens européens d'appeler la Commission européenne à légiférer sur un sujet donné si un million de signatures sont obtenues. Si la démocratie participative permet la consultation des citoyens et citoyennes, elle n'aboutit pas cependant à des changements importants car le pouvoir exécutif et législatif demeure entre les mains des représentants élus. Mais le recours à ces expériences participe au renouvellement du modèle démocratique.

CHAPITRE 6

FEMMES

1. LES DATES À RETENIR

- **1791 :** Publication par la femme de lettres et révolutionnaire, Olympe de Gouges, de la *Déclaration des droits de la femme et de la citoyenne.*

- **1846-1848 :** Engagement politique de l'écrivain et femme de lettres George Sand dans les débuts de la IIe République avec la publication de son journal *La Cause du peuple.*

- **1849 :** Jeanne Deroin se présente aux élections législatives alors que les femmes n'ont pas obtenu le droit de vote au moment de l'instauration de la IIe République.

- **1877 :** Hubertine Auclert fonde la première association suffragiste.

- **1944 :** Le droit de vote et l'éligibilité des femmes sont reconnus.

- **1975 :** La loi Veil permet aux femmes d'avoir accès à l'IVG.

- **2000 :** Vote de la loi dite sur la parité qui garantit l'égal accès aux mandats aux femmes et aux hommes.

- **2014 :** Vote de la loi pour l'égalité réelle des femmes et des hommes dans le milieu professionnel.

2. LES FEMMES, DES ACTRICES DE L'HISTOIRE

L'histoire des femmes et du genre est aujourd'hui un domaine de la recherche bien intégré dans l'université aussi bien en France que dans les autres pays. La question des femmes dans l'histoire a connu une réelle dynamique dans les années 1970 avec les travaux de l'historienne **Michelle Perrot**. Quelle place les femmes occupent-elles dans l'histoire politique, sociale et culturelle ?

L'ÉVOLUTION DU STATUT SOCIAL, CIVIQUE ET POLITIQUE DE LA FEMME DEPUIS LA RÉVOLUTION FRANÇAISE

Au XIXe siècle, la femme est **exclue de la vie politique**. Elle est avant tout une mère et une épouse. Son identité est centrée sur la maternité et son rôle se limite donc à la sphère privée et à l'éducation des enfants. Le Code civil napoléonien de 1804 fait d'elles des **mineures**, soumises à l'autorité d'un homme, père ou mari. Le discours dominant voudrait qu'elles s'en tiennent à leur intérieur et à l'éducation des enfants. Pourtant dans cette société qui se transforme, les femmes sont de plus en plus présentes dans la vie publique : elles participent aux révolutions et qu'elles soient paysannes, domestiques ou ouvrières, **elles travaillent**. La condition des femmes s'améliore grâce à l'enseignement primaire obligatoire pour les filles comme pour les garçons avec les lois Ferry de 1881-1882 mais l'enseignement secondaire leur est moins accessible. Les premières féministes revendiquent d'abord des droits civils puis à la fin du XIXe siècle, des femmes comme Hubertine Auclert militent pour obtenir le droit de vote : ce sont les **suffragettes** qui agissent dans plusieurs pays comme en Angleterre ou aux États-Unis. Après la Première Guerre mondiale et leur participation active dans l'effort de guerre, les femmes ont espoir de voir leur statut social et politique évoluer : c'est le cas en Grande-Bretagne, au Luxembourg, en Allemagne, aux États-Unis… En France, il faut attendre la Libération en 1944 pour que les femmes deviennent des **citoyennes politiques actives**. À partir des années 1960, les femmes en France acquièrent de plus grandes libertés : accès à la contraception, prendre un travail sans consentement de l'époux, reconnaissance de l'autorité parentale conjointe dans la famille... Les **mouvements féministes** qui s'organisent à cette période et qui sont de plus en plus actifs après mai 1968 participent à l'acquisition de ces droits et de cette reconnaissance politique et sociale.

LA FEMME DANS LES SOCIÉTÉS CONTEMPORAINES

Ces avancées sociales sont importantes à connaître. Elles sont le résultat de l'**engagement** de militantes, des femmes de lettres comme Simone de Beauvoir, d'avocates comme Gisèle Halimi ou de femmes politiques comme Simone Veil. Pour autant, les inégalités demeurent entre les femmes et les hommes. La nomination d'Édith Cresson au poste de Premier ministre en mai 1991 cristallise les tensions et les débats dans un contexte politique et social tendu. Elle démissionne en avril 1992. Les rémunérations entre femme et homme à poste et diplôme égaux présentent encore des écarts importants. Les femmes occupent davantage des emplois à temps partiel. Elles ont aussi encore souvent la charge de la tenue du foyer. Elles subissent encore le **plafond de verre** : l'expression désigne l'ensemble des obstacles que les femmes rencontrent dans le monde professionnel et qui empêchent leur accès à des postes à responsabilité. Ces inégalités préoccupent les gouvernements nationaux mais leur réduction est aussi au cœur des programmes des organisations mondiales comme l'ONU.

3. LA BATAILLE DE L'ACCÈS À L'IVG

Le *Nouvel Observateur* publie le 5 avril 1971 le « **Manifeste des 343** » qui est une pétition rédigée par l'écrivain Simone de Beauvoir et signée par 343 femmes dont des écrivaines comme Françoise Sagan ou Marguerite Duras ou encore l'avocate Gisèle Halimi. Elles **demandent la liberté pour les femmes d'avor-**

ter et affirment avoir elles-mêmes avorté. Elles s'exposent à des poursuites judiciaires et à la prison car depuis 1920 la contraception et l'avortement sont interdits en France. De même, les discours anticonceptionnels sont interdits. Le crime d'avortement est passible de la Cour d'assises. Gisèle Halimi est une avocate de la cause féministe agissant pour la condition féminine. En 1972, elle médiatise l'affaire dont elle est avocate de la défense et que l'on nomme le **procès de Bobigny** où une adolescente ayant avorté clandestinement à la suite d'un viol est jugée puis acquittée. En effet, les **avortements clandestins** représentent un traumatisme moral et un danger physique mortel pour les femmes. Les « **faiseuses d'ange** » ou avorteuses utilisent des procédures qui peuvent blesser ou rendre stérile les femmes par le lavement répété à l'eau de javel ou l'utilisation d'aiguilles à tricoter ou de tringles de rideaux. Les avortées mourraient souvent à cause des chocs, perforations ou aux infections. En 1975, la ministre de la santé Simone Veil est à l'origine de la **dépénalisation** de l'interruption volontaire de grossesse. L'IVG est **remboursée par la Sécurité sociale** à partir de 1982, puis autorisée par **voie médicamenteuse** depuis 2004. Pour autant, ce droit est encore aujourd'hui remis en cause comme en Pologne où l'accès à l'IVG a été limité en janvier 2021.

CHAPITRE 7

GÉNOCIDE ET CRIMES DE MASSE

1. LES DATES À RETENIR

- **1915 :** Génocide des Arméniens dans l'empire Ottoman. Alors que la Première Guerre mondiale prend le tournant de la guerre d'usure, l'empire Ottoman, allié des empires centraux allemand et austro-hongrois, fait face à l'armée russe à ses frontières orientales. L'Empire ottoman est un empire composite et multiconfessionnel. Les populations arméniennes, chrétiennes, commencent à être persécutées dès la fin de l'année 1914. Les soldats arméniens de l'armée ottomane sont désarmés et exécutés. À partir du mois d'avril 1915, les notables arméniens sont arrêtés et exécutés. Le gouvernement ottoman organise la déportation des populations arméniennes vers le sud de la péninsule turque. Ces marches de la mort déciment les Arméniens. Les survivants sont installés dans des camps en Syrie et sont tués lors de l'année 1916. Le bilan de ce génocide est entre 650 000 à 800 000 victimes arméniennes, 500 000 Grecs Pontiques et entre 500 000 et 750 000 Assyro-Chaldéens, soit 70 % de la population assyro-chaldéenne.

- **Seconde Guerre mondiale (1939-1945) :** Le nazisme développe une théorie raciale qui est antisémite. Dès l'arrivée au pouvoir d'Hitler, les populations juives et tziganes d'Allemagne sont victimes de persécutions : elles perdent leurs droits et subissent des violences systématiques à partir de la mise en place des lois de Nuremberg en 1935. Le déclenchement de la guerre en 1939 accélère la politique d'extermination des populations. Les Juifs sont envoyés dans des ghettos où la faim est organisée afin de tuer le plus de population. À partir de 1942, la Conférence de Wannsee qui réunit les dignitaires du régime nazi décide de la mise en place de la « solution finale » : les populations juives et tziganes sont déportées dans des camps de concentration ou condamnées dans les centres de mise à mort. La mort est industrialisée dans ces centres comme à Auschwitz à la fois camp de concentration et centre de mise à mort. Le bilan humain est lourd : la Shoah tue près de 6 millions de Juifs et près de 270 000 Tziganes. Le génocide juif et tzigane est le premier reconnu juridiquement comme « génocide ».

- **Avril à juin 1994 :** Le génocide tutsi au Rwanda est le troisième reconnu par la communauté internationale. Le Rwanda, État d'Afrique de l'est connaît au début des années 1990 une grande instabilité politique sous fond de conflit ethnique entre les deux groupes de la population : les Hutus au pouvoir et les Tutsis, minorité. Une guerre civile éclate en 1990 entre les forces armées du Front Patriotique rwandais constitué d'exilés Tutsis et les forces armées rwandaises. L'assassinat du Président et de la Première ministre rwandais en avril 1994 exacerbe les tensions et les violences entre les Hutus et les Tutsis. Les Hutus les plus extrémistes prennent les armes et massacrent les Tutsis. À la fin du génocide en juillet 1994, de 800 000 à un million de Tutsis ont été tués.

- **1995 :** En juillet 1995, le massacre de Srebrenica en Bosnie-Herzégovine conduit à la mort de plus de 8 000 hommes et adolescents par l'armée de la république serbe de Bosnie dans le cadre d'une campagne dite de « nettoyage ethnique ». Le massacre est reconnu génocide par le Tribunal pénal international pour l'ex-Yougoslavie et la Cour international de Justice.

2. LE GÉNOCIDE, UN CRIME CONTRE L'HUMANITÉ ÉTABLI AU XXe SIÈCLE

Le génocide est la destruction **systématique** d'un groupe humain pour des raisons ethniques, religieuses ou de nationalité et qui est décidée par des autorités politiques ou religieuses. Les procès de Nuremberg en 1945 font du génocide un crime juridique contre l'humanité.

DES POPULATIONS CIVILES CIBLES ET VICTIMES DES GUERRES

Si les guerres du XXe siècle n'inaugurent pas les **massacres de civils**, elles sont celles qui font des populations **des cibles systématiques** de la violence de guerre. Le bilan humain de la Seconde Guerre mondiale montre que 60 % des pertes humaines sont des civils. Le principe de guerre d'anéantissement (cf. guerre totale, guerre d'anéantissement) et la mise en valeur des **cultures de guerre** poussent à exacerber la violence dans les conflits. La guerre se passe au front mais aussi à l'arrière avec le massacre, l'arrestation et la déportation de populations entières sur des critères politiques mais surtout raciaux et/ou religieux. En 1937, le Japon prend la ville de Nankin en Chine : pendant six semaines, les hommes sont tués tandis que les femmes sont violées et souvent éventrées. Le 10 juin 1944, la division SS « *Das Reich* » massacre les habitants du village limousin d'Oradour-sur-Glane. Il est important dans le règlement des guerres de reconnaître et réparer les victimes civiles des conflits et de la violence.

LA RECONNAISSANCE DES GÉNOCIDES ET LES ENJEUX DE MÉMOIRE

La première réparation pour les civils est la reconnaissance des violences subies. Cette reconnaissance s'appuie d'abord sur la justice internationale et nationale. Les dignitaires nazis sont jugés lors des **procès de Nuremberg en 1945** où l'acte d'accusation en leur encontre stipule qu'ils « s'étaient livrés au génocide délibéré et systématique, c'est-à-dire à l'extermination de groupes raciaux et nationaux parmi la population civile de certains territoires occupés afin de détruire des races ou classes déterminées de populations et de groupes nationaux, raciaux ou religieux ». En 1946, l'Assemblée générale des Nations unies reconnaît les principes de droit établis lors du procès de Nuremberg et détaille avec précision le crime de génocide. Celui-ci est un **crime contre l'humanité**. Il est aussi nécessaire pour les victimes d'être reconnues par les États et autorités : les crimes de masse et le génocide sont des sujets de tensions entre les pays et les populations. Si la France reconnaît par la loi le génocide arménien, le Turquie réfute la qualification de génocide. Lutte historique mais surtout **lutte mémorielle** dans la construction politique et nationale des États. La France possède ainsi une législation mémorielle avec en 1990, le vote de la loi Gayssot qui réprime tout discours négationniste du génocide et crimes contre l'humanité définie dans les statuts du Tribunal de Nuremberg en 1945.

3. LE GÉNOCIDE DES TUTSIS

Le génocide tutsi est abordé dans le cadre du programme d'histoire de terminale. L'objectif est de décrire et comprendre que le génocide est un crime préparé par des autorités politiques qui exacerbent les violences envers un groupe humain au titre d'une idéologie haineuse et aux motifs raciaux et/ou religieux. Le Rwanda devient indépendant en 1962 après une période coloniale qui voit d'abord s'installer l'empire allemand puis la Belgique après 1919. Au moment de l'indépendance, les Hutus prennent le pouvoir et les premiers massacres ethniques sont organisés : 20 000 Tutsis sont assassinés entre 1961 et 1967 et plus de 300 000 doivent s'exiler. En 1987, les exilés installés en Ouganda ou au Burundi, crée le Front patriotique rwandais (FPR) qui affronte à partir de 1990 les Forces armées gouvernementales rwandaises dans une guerre civile de 4 ans. Les puissances internationales ainsi que l'ONU cherchent à négocier la paix et arbitrent entre les deux camps. Les négociations, difficiles, aboutissent en 1993 aux accords d'Arusha mais la transition ne se met pas en place. Le 6 avril 1994, le président rwandais Juvenal Habyarimana (Hutu) est tué dans l'attentat de son avion : sa mort déclenche le génocide tutsi par les Hutus pendant plus de trois mois. La question du rôle des puissances occidentales et le peu de réaction de la communauté internationale avec la réduction par l'ONU des effectifs des Casques bleus sur le terrain à partir du 21 avril sont aujourd'hui au cœur de débat politique, judiciaire mais aussi mémoriel. Notamment, le rôle de l'armée française durant les trois mois du génocide est source de tensions.

CHAPITRE 8

GUERRE FROIDE

1. LES DATES À RETENIR

- **5 mars 1946 :** Winston Churchill, homme politique britannique et héros de la Seconde Guerre mondiale, prononce à l'université de Fulton aux États-Unis un discours où il présente une Europe divisée en deux, séparée par un « rideau de fer ». Cette séparation résulte des décisions prises lors de la Conférence de Yalta en 1945 qui réunit les dirigeants des puissances victorieuses de la Seconde Guerre mondiale et qui a pour objectif d'organiser le contrôle des territoires vaincus et occupés.

- **1947-1991 :** Le temps de la Guerre froide. La Guerre froide est un conflit long qui connaît différentes étapes qu'il faut connaître pour bien contextualiser les différents évènements. La chronologie s'organise en 5 temps : la première Guerre froide de 1947 à 1953. La mort de Staline en 1953 ouvre un temps dit de coexistence pacifique jusqu'en 1962. La crise des missiles de Cuba et le risque de déclenchement de la guerre ouvrent un temps de Détente jusqu'en 1975. L'élection de Ronald Reagan aux États-Unis et l'affirmation des théories libérales relancent les tensions et ouvrent la période de la Guerre fraîche. À partir de 1985, les réformes entreprises par Mikhaïl Gorbatchev en URSS conduisent à l'implosion du bloc soviétique en 1991.

- **1991 :** Le 25 décembre, Mikhaïl Gorbatchev, dernier dirigeant de l'URSS annonce la fin du bloc soviétique après deux années qui ont vu les frontières s'ouvrir notamment lors de la chute du Mur de Berlin le 9 novembre 1989. L'annonce de l'éclatement de l'URSS sonne la fin de la Guerre froide et la victoire du modèle libéral porté par les États-Unis.

2. LA BIPOLARISATION DU MONDE PENDANT UN DEMI-SIÈCLE

L'expression de Guerre froide pour désigner l'affrontement entre les deux grandes puissances victorieuses de la Seconde Guerre mondiale, les États-Unis et l'URSS, apparaît sous la plume du journaliste américain Walter Lippmann. Guerre dite froide car les deux superpuissances ne s'affrontent pas militairement en direct mais c'est près d'un demi-siècle d'une longue **épreuve de force** qui structure alors l'organisation du monde et les relations internationales.

DEUX MODÈLES QUI S'OPPOSENT

La Guerre froide est une guerre idéologique. Les États-Unis et l'URSS représentent chacun un modèle de développement politique, économique, social et culturel. L'année 1947 théorise cette opposition avec deux discours essentiels qui forment les grilles de lecture des deux systèmes : la **Doctrine Truman** du nom du président américain Harry Truman et la **Doctrine Jdanov**, chef du Parti communiste de l'Union soviétique. La Doctrine Truman défend le modèle de la démocratie libérale, représentative qui garantit les droits individuels et collectifs de chacun. La Doctrine Jdanov est la réponse à ce modèle libéral et défend l'idée d'une démocratie nouvelle, qui lutte contre l'impérialisme libéral. Deux visions du monde se confrontent et s'opposent. Autour de chaque puissance, des États se rallient de gré ou de force à l'un et l'autre modèle. Aussi bien les États-Unis que l'URSS poussent leurs alliés à choisir un camp. Des institutions formalisent les alliances comme la création à l'Ouest de l'OTAN en 1949 qui conduit au Pacte de Varsovie à l'Est en 1955. Le monde se **bipolarise** alors et s'organise autour des deux **superpuissances**.

RISQUES DE CONFLIT DIRECT ET MULTIPLICATION DES « POINTS CHAUDS »

Le risque d'une guerre nucléaire conduit à ce que les États-Unis et l'URSS évitent de s'affronter directement. En effet, l'utilisation des bombes atomiques à Hiroshima et Nagasaki en août 1945 marque profondément les sociétés de l'après Seconde Guerre mondiale. Ainsi, c'est la **politique de dissuasion** qui est choisie pour faire vaciller l'opposant : dissuasion militaire avec la **course aux armements**, dissuasion politique avec des affrontements dans les réunions internationales, confrontation culturelle avec la diffusion des modèles et leur concurrence dans les pays alliés. Cela n'empêche pas la multiplication des conflits interposés entre les deux Grands : la décolonisation est un contexte qui favorise ses affrontements. Les présidents américains poursuivent en effet une politique dite de ***containment*** et ***roll-back*** : il s'agit de limiter par tous les moyens la diffusion du communisme et même de faire reculer le bloc soviétique. Les pays décolonisés deviennent des lieux d'affrontement comme au Vietnam entre 1954 et 1975. L'Amérique latine, considérée comme le « pré carré » des États-Unis depuis la Doctrine Monroe (1823), est aussi un lieu d'affrontement.

3. LA CRISE DES MISSILES DE CUBA : UN CONFLIT DE GUERRE FROIDE

Cuba est une île située à 145 km des côtes des États-Unis et qui est gouvernée par le régime communiste et alliée à l'URSS de Fidel Castro arrivée au pouvoir en janvier 1959 après une révolution qui renverse la dictature pro-américaine de Batista. En 1960, Les États-Unis ripostent par un embargo économique, une rupture des relations diplomatiques en 1961 et par une tentative de débarquement d'exilés cubains anticastristes armés par la CIA dans la baie des Cochons mais qui échoue. La crise des fusées de Cuba éclate en **octobre 1962** avec la découverte par un avion espion américain d'installations et de rampes de lancement destinés à des missiles nucléaires d'une portée de

1 500 à 3 000 kilomètres. En mer, **26 navires soviétiques font route vers Cuba avec probablement les ogives nucléaires**, qui pourraient être installées et **opérationnelles en une dizaine de jours**. Un « bras de fer nucléaire » qui oppose les deux dirigeants des superpuissances Kennedy et Khrouchtchev (le « **duel des K** ») s'amorce et constitue un danger pour le monde : « L'horloge de l'apocalypse » qui est une horloge imaginaire où minuit représente la fin du monde et qui a été créée en 1947 (elle indique alors 23 heures 53), indique en octobre 1962 moins deux ! Le président Kennedy décide de la mise en quarantaine de Cuba avec blocus de l'île par la flotte américaine pour interdire l'importation à Cuba des ogives nucléaires. Pour dénouer la crise, les deux dirigeants décident de passer par **la négociation**. L'URSS promet de retirer missiles, fusées et autres bombardiers de Cuba si en échange les États-Unis s'engagent à ne pas attaquer Cuba, mais aussi à démonter leurs fusées de Turquie. Pour éviter à nouveau une telle situation de risque les deux superpuissances décident de plusieurs mesures permettant la **Détente** : un dialogue direct devant éviter une nouvelle crise avec la mise en place d'un « **téléphone rouge** », c'est-à-dire une ligne directe entre la Maison Blanche et le Kremlin en 1963 et la négociation en août 1963 du traité de Moscou pour diminuer la menace nucléaire et interdire les essais nucléaires atmosphériques. Ce « duel des K » lors de la crise de Cuba a aussi des conséquences diplomatiques avec les alliés des deux superpuissances : si Kennedy sort renforcé, Khrouchtchev est écarté du pouvoir en 1964. Castro reproche à l'URSS de l'avoir sacrifié à ses propres intérêts et la Chine communiste d'avoir sacrifié l'idéologie communiste au nom de la diplomatie.

CHAPITRE 9

GUERRE TOTALE, GUERRE D'ANÉANTISSEMENT

1. LES DATES À RETENIR

- **1914-1918 :** La Première Guerre mondiale voit l'affrontement pendant 4 ans des forces de la Triple Alliance contre celles de la Triple Entente. Conflit européen à l'été 1914, il s'internationalise par le recours aux colonies des belligérants, la multiplication des fronts aux frontières de l'Europe et l'entrée en 1917 des États-Unis dans la guerre.

- **1939-1945 :** La Seconde Guerre mondiale met face à face les forces de l'Axe autour de l'Allemagne nazie et les Alliés autour du Royaume-Uni puis des États-Unis et de l'URSS. Les fronts se multiplient en Europe mais aussi en Asie, Océanie et Afrique, mondialisant le conflit.

- **1942 :** Conférence de Wannsee qui décide de la mise en place de la « solution finale » et du génocide juif et tzigane.

- **6 août et 9 août 1945 :** Bombardement atomique des villes japonaises d'Hiroshima et Nagasaki faisant de 155 000 à 250 000 morts.

2. LES NOUVELLES FORMES DE GUERRE AU XXe SIÈCLE

L'industrialisation des sociétés occidentales au XIXe siècle bouleverse les formes de conflit qui se déclarent à l'aube du XXe siècle. **Guerre industrielle**, crimes de masse, culture de guerre sont des caractéristiques communes aux deux guerres mondiales qui sont dites totales et d'anéantissement.

LA GUERRE TOTALE CARACTÉRISE LE PREMIER CONFLIT MONDIAL

Le 26 juin 1914, l'assassinat de l'héritier de l'empire austro-hongrois déclenche la Première Guerre mondiale par l'emballement du système des alliances en Europe. Mais les causes de la guerre sont plus anciennes entre concurrence économique et politique depuis la fin du XIXe siècle. La guerre est espérée rapide mais le conflit s'enlise et à partir de 1915 s'amorce le temps de la **guerre de position** marquée par la construction des **tranchées** sur les fronts. La violence est omniprésente par l'utilisation d'armes nouvelles comme les obusiers, les schrapnels ou les gaz de combat. L'écrivain Ernst Jünger parle d'« **orages d'acier** ». À l'arrière, la violence est aussi présente par la retranscription de la violence des combats dans les journaux et les récits des soldats en permission. Pour soutenir les forces armées, en France, les partis politiques forment une Union sacrée le temps de la guerre et appellent à la mobilisation de l'ensemble des forces vives du pays. La guerre est totale c'est-à-dire qu'elle est militaire, politique, économique mais aussi idéologique. Les entreprises tournent leurs productions vers l'effort de guerre et les colonies participent en hommes et en ressources. La **culture de guerre** qui est l'ensemble des représentations que les belligérants ont de la guerre, de ses violences et des souffrances favorise l'élan patriotique. L'historien américain George. L. Mosse parle ainsi de la **brutalisation** de la société même si de nombreux historiens et historiennes montrent aujourd'hui que cette violence existe avant la Première Guerre mondiale qui en est un temps de radicalisation.

LA POLITIQUE D'ANÉANTISSEMENT DE LA SECONDE GUERRE MONDIALE

La Seconde Guerre mondiale est aussi une **guerre totale** qui engage toutes les forces vives des États belligérants : la vie politique, l'industrie et les populations participent à l'effort de guerre mobilisé par une culture de guerre et une propagande organisée par les autorités politiques. Mais la guerre est aussi idéologique : elle met face à face les États fascistes face aux États qui se présentent comme les défenseurs de la liberté. Ainsi, la guerre est en partie menée par des motivations raciales et surtout politiques. Ces caractéristiques permettent d'expliquer que la Seconde Guerre mondiale est une **guerre d'anéantissement** : les civils sont victimes de massacres de masse organisés et les États poursuivent une politique qui vise au-delà de la victoire, la **destruction du modèle politique et social de l'ennemi**.

3. FEMMES ET ENFANTS DANS LA GUERRE

Les femmes et les enfants sont des **acteurs engagés** dans les deux guerres mondiales que ce soit dans la participation à l'effort de guerre ou dans la mobilisation des esprits. Les femmes assument les tâches économiques à l'arrière : elles travaillent aux champs ou tiennent les commerces. Elles sont aussi largement employées dans les usines et produisent les armes nécessaires au combat pendant la Première Guerre mondiale : ce sont les **munitionnettes** qui à la fin de la guerre demandent l'accès à la citoyenneté politique. Les enfants sont mobilisés au sein de l'École : lettres écrites aux poilus en poste au front, lecture des discours patriotiques, les dessins des enfants qui ont été conservés montrent leur représentation de la guerre entre scènes de combat et scènes patriotiques. Les femmes et les enfants sont aussi les **premières victimes de la guerre** : poussés sur les routes face à l'arrivée des ennemis, ils sont aussi les victimes des exactions militaires. Arrêtés, exécutés, violées, les femmes et les enfants juifs et tziganes sont déportés et exterminés dans les centres de mise à mort.

CHAPITRE 10

IMMIGRATION

1. LES DATES À RETENIR

- **Les grandes phases de l'immigration en France :** La France est un pays d'accueil de migrants et connaît un phénomène inverse à ses voisins européens au XIXe siècle qui sont principalement des terres de départ. L'immigration en France connaît quatre étapes :
  - **De 1850 à 1930 :** la France devient un pays d'immigration qui accueille en grand nombre des immigrants venus des pays européens frontaliers et d'Europe de l'Est ;
  - **De 1930 à 1946 :** la crise économique et la Seconde Guerre mondiale voient l'apparition de politiques restrictives de l'immigration ;
  - **De 1946 à 1974 :** la France met en place à nouveau une politique d'accueil de migrants. L'immigration vient d'Europe mais aussi des anciens territoires coloniaux d'Asie et d'Afrique ;
  - **Depuis 1974 :** la crise économique amorcée par le choc pétrolier de 1973 ouvre le temps des restrictions migratoires.

- **1889 :** La loi accorde la nationalité française à tous les enfants nés de parents étrangers sur le sol français.

- **1927 :** La loi accorde la nationalité aux époux étrangers des veuves de guerre ainsi qu'à leurs enfants.

- **1974 :** Le gouvernement du président Valéry Giscard d'Estaing met fin à la politique de forte immigration professionnelle et économique. L'immigration se limite au regroupement familial et à l'accueil de réfugiés politiques principalement.

- **2006 :** La Loi relative à l'immigration et à l'intégration du ministre de l'Intérieur Nicolas Sarkozy modifie les conditions d'accès au territoire et à la résidence en France en allongeant les délais et en durcissant les conditions d'acceptation de séjour.

2. L'IMMIGRATION EN FRANCE : DE LA POLITIQUE VOLONTARISTE À L'ENCADREMENT DES FLUX

La France est une terre d'accueil de populations migrantes depuis le XIXe siècle. L'historien Gérard Noiriel dans son ouvrage *Le Creuset français* publié en 1988 est un des premiers à étudier la question de l'immigration et de son impact politique et social sur la société française.

LE BESOIN DE MAIN-D'ŒUVRE EST UNE DES MOTIVATIONS DE LA POLITIQUE MIGRATOIRE FRANÇAISE

À partir de 1850, la France entre dans un temps de forte **industrialisation**. Mais le travail au champ et en usine demande un grand nombre d'ouvriers et d'employés. La démographie française est alors stabilisée car la France a connu très tôt sa transition démographique (cf. Géographie - Transition) alors que ses voisins et concurrents européens connaissent une explosion démographique. La France organise pour répondre à cette demande des campagnes pour accueillir une **main-d'œuvre essentiellement européenne**. En 1931, trois millions d'immigrés vivent en France ce qui représente 7 % de la population nationale. Ce sont des travailleurs venus d'Italie, d'Espagne, de Belgique et de Pologne qui sont employés dans les usines et dans les plantations agricoles. L'État soutient le recrutement des entreprises privées et facilite l'intégration en accordant très tôt la nationalité française aux enfants nés en France avec le **droit**

du sol. Le temps de la **reconstruction** après 1945 est aussi un temps de forte demande en main-d'œuvre. Entre 1946 et 1975, la population immigrée passe de 1,5 million à 3,5 millions de personnes et représente alors 7 % encore de la population. Cette **immigration économique** vient d'Europe mais aussi d'Afrique et notamment du Maghreb et d'Asie. À nouveau, l'État met en place des politiques de recrutement. Les travailleurs peuvent faire venir leur famille par le principe du regroupement familial.

LES POLITIQUES MIGRATOIRES SONT SOUMISES AUX CRISES ÉCONOMIQUES ET POLITIQUES

Les flux migratoires connaissent cependant des restrictions lorsque l'État français traverse des crises économiques et politiques (cf. crise économique). Lors de la Longue dépression, des travailleurs immigrés italiens sont agressés à Aigues-Mortes en 1893. La crise des années 1930 voit la montée de la xénophobie (haine et peur de l'étranger) et dès 1932, le gouvernement limite les entrées de migrants et met en place une protection du travail national : les travailleurs immigrés sont les premiers licenciés et ceux qui sont grévistes sont internés et expulsés à partir de 1938. Le régime de Vichy et les lois d'exclusion conduisent à la baisse de moitié du nombre d'immigrés en France. La crise économique en 1975 voit aussi la fin des politiques d'accueil massive d'immigrés économiques. Les lois de naturalisation et la politique du droit du sol font qu'un grand nombre d'immigrés et surtout leurs descendants deviennent citoyens et citoyennes françaises. De plus, l'ouverture européenne et la libre-circulation des populations conduisent à l'arrivée d'étrangers européens sur le territoire. Pour autant, l'immigration reste au cœur des débats politiques sur la question de l'intégration des populations immigrées. La « marche des Beurs » en 1983 soutenue par l'association SOS Racisme soulève la question des inégalités économiques et sociales et le problème des « cités » tandis qu'une partie des politiques se tourne vers un discours anti-immigration voire xénophobe avec la constitution du Front National puis Rassemblement national. Cependant, la France connaît une grande mixité culturelle avec l'augmentation du pourcentage de mariage mixte et le recul des langues étrangères familiales au profit du français dans la sphère privée.

3. L'INAUGURATION DU MUSÉE DE L'IMMIGRATION

La question de l'histoire mais aussi de la mémoire de l'immigration traverse la société française depuis le milieu des années 1980. Le 15 décembre 2014, François Hollande, président de la République française inaugure le **Musée national de l'histoire de l'immigration**. Le musée est installé au Palais de la **Porte dorée** qui a été construit au moment de l'Exposition coloniale de 1931. Les murs sont sculptés des fresques représentant l'empire colonial français, ses ressources et ses populations. Le projet de création d'un musée mettant en valeur l'**histoire et les cultures de l'immigration** naît sous le mandat présidentiel de Jacques Chirac en 2004 et est poursuivi durant le mandat de Nicolas Sarkozy. L'objectif du musée est double : faire connaître l'histoire de l'immigration et les cultures nées du processus et participer ainsi à la construction de la cohésion sociale et républicaine de la France. L'histoire de l'immigration est présentée ainsi comme un **patrimoine commun** à l'ensemble des Français et Françaises.

CHAPITRE 11

LAÏCITÉ

1. LES DATES À RETENIR

- **26 août 1789 :** La Déclaration des droits de l'Homme et du Citoyen affirme la liberté de culte et de conscience de chaque citoyen français.

- **1790 :** La Constitution civile du clergé organise les nouvelles relations entre État et religion avec une nouvelle organisation qui repose sur des élections aux offices.

- **1801 :** Le Concordat mis en place par Napoléon organise les relations entre l'État et les Églises. Les religions reconnues par l'État bénéficient de subventions mais les responsables des offices dépendent de l'autorité politique publique.

- **1881-1882 :** Les lois de scolarité de Jules Ferry rendent obligatoire l'instruction pour les garçons et les filles. L'école est gratuite mais est aussi affirmée laïque. Les instituteurs et institutrices, formés par la République, diffusent les valeurs et principes républicains dont la laïcité.

- **1905 :** Le 9 décembre, les députés français votent la Loi de séparation des Églises et de l'État. La loi est fondatrice des relations entre État et religions dans la république française. Les affaires religieuses sont distinctes des affaires politiques. L'État est garante de la liberté de conscience et de culte de chaque citoyen et pour cela ne favorise aucune religion. Les Églises peuvent user des libertés publiques pour exercer leurs activités en créant des associations, des syndicats ou des partis politiques. La pratique du culte relève cependant de la sphère privée.

- **1958 :** Le préambule de la Constitution de la Ve République affirme la laïcité comme principe républicain. Le premier alinéa de l'article 1er de la Constitution de 1958 prévoit que « *la France est une République indivisible, laïque, démocratique et sociale. Elle assure l'égalité devant la loi de tous les citoyens, sans distinction d'origine, de race ou de religion. Elle respecte toutes les croyances (…)* ».

- **2004 :** La loi sur le port de signes ou de tenues manifestant une appartenance religieuse dans les écoles, collèges et lycées est votée. Elle est une application du principe de laïcité au sein des établissements scolaires à destination des élèves et des personnels placés sous le statut de fonctionnaire ou de contractuels de l'État. La loi intervient alors que la société française se divise autour de la question du port du voile dans l'espace public.

2. LA LAÏCITÉ : PRINCIPE MAJEUR DANS LA RÉPUBLIQUE FRANÇAISE

La laïcité en tant que principe et valeur dans la République française est le résultat d'un long **processus historique**. C'est un **cadre juridique et administratif** qui repose sur le principe de séparation dans l'État de la société civile et de la société religieuse. Mais la laïcité prend plusieurs formes selon les pays ce qui engendre un certain nombre de débats.

LA MISE EN PLACE DE LA LAÏCITÉ FRANÇAISE

La question de la séparation de l'État et de l'Église n'est pas propre aux temps contemporains. Au Moyen-Âge, la question de la répartition des pouvoirs entre le roi ou le prince et le pape se pose. La **réforme grégorienne** à partir du XIe siècle aboutit à la séparation de l'autorité spirituelle et de l'autorité dite laïque. À l'époque moderne, cette question demeure vive : la monarchie française à partir du XVIe siècle défend l'idée du **gallicanisme**. Cette doctrine prône l'autonomie de l'Église catholique de France qui s'organise indépendamment de la papauté dont le rôle est de valider les décisions prises par le monarque. La Révolution française vient affirmer les principes d'autonomie politique sur la question des religions : l'État organise les Églises et les offices sont sous le contrôle des autorités publiques. Cela s'affirme avec le **Concordat** de Napoléon. L'affirmation de la République à partir des années 1875 vient définitivement organiser les relations entre État et Églises en instituant une **séparation nette et distincte** entre les deux institutions et met face sphère publique et sphère privée. La France choisit donc le **régime de laïcité séparatiste**.

DÉBATS AUTOUR DE LA LAÏCITÉ

Pour autant, le principe de laïcité est toujours au cœur des débats comme le souligne la volonté de nouveau projet de loi sur la laïcité en 2019 et en 2020 avec la loi sur les séparatismes. Quelles sont les raisons de ces débats ? Tout d'abord, la laïcité est un principe qui évolue car la **société française s'est transformée**. Le religieux depuis le début du XXe siècle a connu un recul : en 2015, un tiers des Français se déclarent « non religieux » et un autre tiers « athés convaincus ». Ainsi plus de la moitié de la population ne se réclame d'aucune religion. De plus, les vagues migratoires ont apporté en France des religions qui n'étaient pas présentes ou étaient ultra-minoritaires au moment de la loi de 1905 : le bouddhisme, l'hindouisme et l'islam sont aujourd'hui des religions pratiquées par une partie de la population française. Des confrontations apparaissent entre la laïcité séparatiste française et les représentations religieuses. Elles sont aussi nourries par la connaissance **d'autres formes de laïcité**, notamment celle anglo-saxonne où le port de signes ou tenues religieuses dans l'espace public pose moins de débats, le président américain prêtant serment le jour de son investiture sur un objet ayant une valeur symbolique personnelle forte (et c'est souvent un livre religieux comme la Bible catholique de Joe Biden).

3. LES CARICATURES RELIGIEUSES DANS LA PRESSE

Les deux premières décennies du XXIe siècle ont vu s'intensifier les débats autour de la laïcité. La question du voile à l'école, les attentats pour motif religieux dans les États occidentaux et la publication de caricatures religieuses engendrent des tensions entre les citoyens et citoyennes mais aussi entre l'État et les Églises. L'assassinat de Samuel Paty le 16 octobre 2020, professeur d'histoire-géographie en collège, pour avoir montré des caricatures religieuses au cours d'une classe d'Enseignement moral et civique, a intensifié les débats autour de la relation liberté d'expression et religion déjà vifs depuis l'attentat de *Charlie Hebdo* en janvier 2015. La question de la liberté de la presse est un enjeu démocratique. La représentation des évènements politiques par des dessins de presse et des caricatures est présente en France depuis le XVIIe siècle si on prend l'exemple des mazarinades. Mais c'est au XIXe siècle que le genre de la caricature politique s'affirme (le roi Louis-Philippe est représenté sous la forme d'une poire ce qui vaut une condamnation au journal). Ainsi, les meurtres de caricaturistes suscitent une forte vague d'émotions et de soutien d'autant plus lorsqu'ils montrent une attaque du principe de laïcité. En effet, il n'existe pas dans le droit français de délit de blasphème car celui-ci est religieux et non civil. Ainsi, la religion tout comme les autres objets sociétaux peut être critiquée, caricaturée et moquée. La liberté de la presse est un des fondements de la démocratie contemporaine avec la liberté d'expression et la liberté de conscience.

CHAPITRE 12

MONARCHIE CONSTITUTIONNELLE

1. LES DATES À RETENIR

- **1688 :** La Glorieuse révolution en Angleterre pose définitivement les bases du modèle de la monarchie constitutionnelle. Le pouvoir du Parlement anglais est affirmé par l'adoption en 1689 du *Bill of Rights* qui définit les principes de la monarchie parlementaire. L'Angleterre devient le modèle de ce mode de gouvernement.

- **1791-1792 :** La France adopte le régime de la monarchie constitutionnelle avec Louis XVI comme roi. Cela signifie que le roi et les députés de l'assemblée constituante se sont mis d'accord et ont adopté une constitution soit le texte qui régit et organise les pouvoirs de l'État. Le droit divin est aboli, le roi prête à présent serment devant et à la nation française.

- **1815 à 1848 :** La France connaît plusieurs régimes de monarchie constitutionnelle. De 1815 à 1830, le temps de la Restauration voit régner les frères de Louis XVI, Louis XVIII et Charles X qui adopte la Charte constitutionnelle. Celle-ci est réaffirmée par Louis-Philippe au moment de son arrivée sur le trône. Les manquements au respect de la Charte entraînent en 1830 et en 1848 des révolutions.

2. UN MODÈLE DE GOUVERNEMENT QUI CHERCHE À S'AFFIRMER AU XIXe SIÈCLE

Si la monarchie constitutionnelle anglaise s'illustre par sa longévité et sa stabilité jusqu'à aujourd'hui, les expériences françaises se caractérisent par leur durée limitée. Le modèle anglais inspire les penseurs du XVIIIe siècle à l'image de Montesquieu qui voit en ce système un **compromis** entre le pouvoir royal et la souveraineté de la nation.

LES PRINCIPES DE LA MONARCHIE CONSTITUTIONNELLE

La monarchie constitutionnelle repose sur la **séparation des pouvoirs** entre plusieurs institutions : le pouvoir du roi ou de la reine, le pouvoir du parlement où siègent les représentants des citoyens et le pouvoir judiciaire qui s'assure du respect des décisions prises et de la garantie des droits. Cette séparation des pouvoirs est protégée par la **constitution** et permet de limiter les possibles volontés absolutistes ou autoritaires du monarque. La monarchie constitutionnelle repose sur la **souveraineté nationale** car le Parlement qui est composé des représentants élus vote les lois et surtout le budget de l'État. En Angleterre, le régime politique naît des différentes contestations du pouvoir royal à partir de 1642. En 1789, la construction aboutie du modèle anglais inspire les révolutionnaires.

LES LIMITES DE LA MONARCHIE CONSTITUTIONNELLE FRANÇAISE

La première monarchie constitutionnelle est de courte durée car Louis XVI a du mal à accepter le changement de statut de sa fonction : il n'est plus monarque de droit divin mais **le premier délégué de la nation**. Ses tentatives pour quitter Paris et rejoindre les troupes contre-révolutionnaires à la frontière conduisent à son arrestation et à sa condamnation à la guillotine en 1793 mettant fin à la monarchie constitutionnelle. Après la défaite napoléonienne, la Restauration reprend le modèle de la monarchie constitutionnelle sans en porter le nom. En effet, Louis XVIII n'adopte pas le terme de constitution qui est révolutionnaire mais celui de charte. Or, la **charte** est juridiquement un acte accordé par le roi au peuple. Pour autant, la charte garantit les libertés individuelles et l'égalité de tous devant la loi. Mais le suffrage censitaire limite l'expression populaire. Le tournant autoritaire sous Charles X à partir de 1824 aboutit aux journées de juillet 1830 (cf. révolution) qui met fin à cette deuxième expérience de monarchie constitutionnelle. Il semble ainsi que la difficulté réside dans la tension entre pouvoir royal et souveraineté nationale qui semble contradictoire d'autant plus que le **parlementarisme** s'affirme en France tout au long du XIXe siècle.

3. LA MONARCHIE DE JUILLET

La monarchie de Juillet est un moment politique important pour comprendre l'évolution politique de la France au XIXe siècle. Contrairement à ses prédécesseurs, Louis-Philippe se présente comme le « roi des Français » et en ce sens un « roi-citoyen ». Il veut s'inspirer du modèle anglais. Ainsi, il réaffirme la Charte constitutionnelle de 1814 en garantissant la liberté de la presse et surtout les droits du parlement. Il fait entrée au gouvernement des hommes politiques libéraux qui défendent les libertés individuelles et collectives comme Adolphe Thiers ou François Guizot. Ces libertés s'illustrent par exemple par la multiplication des caricatures du roi dans la presse et en particulier dans *Le Charivari*, journal républicain. Mais la condamnation en 1834 des caricatures présentant Louis-Philippe sous la forme d'une poire marque le tournant vers un autoritarisme plus fort qui conduit à la fin du régime en 1848 avec la révolution de février 1848.

CHAPITRE 13

NATION

1. LES DATES À RETENIR

- **1648 :** Les Traités de Westphalie mettent fin à la Guerre de Trente ans en Europe. La réunion des grands États européens sans la présence de la papauté est inédite. Elle met en valeur les nouvelles formes de relations internationales qui voient la négociation politique comme moyen d'affirmer sa puissance. Les traités adoptent la carte pour marquer les frontières linéaires des souverainetés territoriales. En ce sens, ils sont les précurseurs des délimitations des États-nations.

- **1815 :** Le Congrès de Vienne établit après les défaites napoléoniennes un nouvel ordre européen qui réaffirme la puissance des grandes monarchies et empires. L'objectif est de régler la question du territoire français et d'assurer les conditions d'une paix durable sur le continent. Cependant, les nouvelles frontières établies ne prennent pas en considération les aspirations nationales des peuples européens.

- **1848 :** Suite aux révolutions en France, l'Europe connaît une série d'insurrections nationalistes appelée le « printemps des peuples ». Dans les territoires allemands et italiens, des mouvements s'organisent pour faire reconnaître le principe de l'État-nation.

- **1919 :** La fin de la Première Guerre mondiale redéfinit le principe de nation alors que les empires vaincus voient la dislocation de leur territoire. La Société Des Nations qui est créée reconnaît la souveraineté de chaque État-membre et consacre le statut de l'État-nation.

2. LA LONGUE AFFIRMATION DES NATIONALITÉS ET DES ÉTATS-NATIONS

La nation désigne un groupe plus ou moins vaste d'individus qui partagent une origine commune. La nation est donc une construction car elle repose **dans la reconnaissance mutuelle des individus qui la compose d'une histoire, langue et culture communes**. À partir de la fin du XVIIIe siècle, la nation se mêle à l'État : la communauté d'individus repose son identité sur l'appropriation d'un territoire.

L'EUROPE DES NATIONALITÉS

Les aspirations nationales s'affirment dès les années 1820 en Europe. La Grèce est un des premiers territoires à connaître des conflits nationaux. Occupée par l'empire ottoman, les Grecs réclament leur indépendance et se soulèvent. En 1822, le **massacre de Chios** tue 23 000 Grecs et interpelle l'opinion lettrée des États d'Europe occidentale. Portés par le mouvement du romantisme, la France et le Royaume-Uni viennent aider les Grecs. La Guerre d'indépendance s'achève en 1829 et en 1830, l'empire ottoman reconnaît l'État grec. C'est l'ordre de Vienne qui est remis en cause : les **idées libérales** se diffusent et nourrissent les **aspirations nationales** dans plusieurs territoires comme en Italie ou en Allemagne. Des sociétés secrètes se forment comme les Carbonari qui défendent l'idée de l'unité italienne et mènent une guérilla.

LA LONGUE CONSTRUCTION DES ÉTATS-NATIONS

1848 est un tournant dans l'affirmation des nationalités : les Tchèques et les Hongrois réclament leur indépendance à l'Autriche tandis que les Italiens et les Allemands cherchent la création d'une unité nationale et territoriale. **L'État-nation** devient un idéal à construire : il s'agit sur un territoire délimité par des frontières d'organiser la vie politique et sociale d'un groupe d'individus qui se reconnaît dans une histoire et une culture commune.

Les insurrections qui naissent obligent les pouvoirs à accepter des constitutions notamment dans les États italiens et en Allemagne. Mais elles sont de courte durée et la répression est violente. L'Autriche, décrite comme la « prison des peuples », écrase les insurrections tandis qu'en Italie et en Allemagne, le manque d'unité dans les mouvements ajourne la création de l'unité nationale jusqu'aux années 1860.

3. LA DÉFINITION DU CONCEPT DE NATION

L'Allemagne et la France ne possèdent pas la même définition de la nation et leurs visions s'affirment et se confrontent à partir de 1871. Pour les Allemands, la nation est avant tout **culturelle** et sur la fin du XIXe siècle, on passe en Allemagne d'un nationalisme qui s'appuie sur la volonté de respecter la liberté des peuples au **pangermanisme** qui cherche à montrer la supériorité de la nation allemande sur les autres nations européennes. Son objectif est de créer une confédération de l'Europe centrale d'abord économique puis politique. Or cette doctrine ne pouvait être mise en œuvre en Europe que par l'intermédiaire d'une grande guerre mettant définitivement hors de concurrence la Russie et la France. En France, la nation se définit par le **principe d'adhésion** à la communauté et elle s'affirme aussi à partir de 1871 au moment où l'Alsace et la Moselle sont rattachées à la Prusse. Cette définition de la nation est au cœur des réflexions d'Ernest Renan dans son discours prononcé en 1887 *Qu'est-ce que la nation ?* : « Une nation est une âme, un principe spirituel [...] une grande solidarité, constituée par le sentiment des sacrifices qu'on a faits et de ceux qu'on est disposé à faire encore. » La nation est donc le produit de ceux qui la composent, ce qui renvoie au libre droit des peuples à disposer d'eux-mêmes.

Ces deux définitions du mot nation se placent aussi dans un contexte particulier : celui de la colonisation. Si l'Allemagne développe la *Weltpolitik*, c'est qu'elle se sent encerclée mais aussi dans l'impossibilité de constituer un empire colonial car la

France et le Royaume-Uni ont déjà beaucoup d'avance depuis les années 1830. En France, la mission civilisatrice de la République défendue par Jules Ferry amène à une politique d'assimilation des peuples des colonies qui font ainsi d'eux des membres de la nation. Mais une ambiguïté voire une contradiction apparaît avec le discours de Renan : si la nation résulte d'une adhésion alors la colonisation impose. Cette contradiction nourrit les mouvements nationalistes dans les colonies.

CHAPITRE 14

NOUVEL ORDRE MONDIAL

1. LES DATES À RETENIR

- **1919 :** Le Pacte de la Société Des Nations est adopté lors de la conférence de la paix à Paris et est intégré dans le traité de Versailles en juin 1919. Elle est considérée comme la première organisation internationale et cherche à garantir la sécurité collective après la Première Guerre mondiale.

- **1945 :** La Charte de San Francisco donne naissance à l'Organisation des Nations unies qui prône l'égalité des petits et grands États et la nécessité d'unir leurs forces pour garantir la paix et la sécurité internationale.

- **1991 :** La fin de l'URSS met fin à la Guerre froide et à la bipolarisation du monde. Un nouvel ordre mondial émerge où les États-Unis deviennent la seule hyperpuissance.

- **1992 :** La création de l'Union européenne comme modèle d'intégration régionale affirme l'importance des organisations régionales pour comprendre l'ordre multipolaire du monde.

2. ASSURER LA PAIX APRÈS LES GUERRES MONDIALES

La violence des guerres du XXe siècle bouleverse les sociétés et transforme les relations entre États (cf. guerre totale, guerre d'anéantissement). Chaque conflit est suivi **d'un espoir de paix**. Pour le concrétiser, des organisations sont créées afin de permettre la négociation et le dialogue avant de recourir à la force armée.

LE RÔLE DES ORGANISATIONS INTERNATIONALES

Les organisations internationales sont des espaces de **dialogue** et de **négociation diplomatique**. Le bilan humain de la Première Guerre mondiale conduit les États à réfléchir au moyen de préserver la paix sur le continent européen. Pour cela, l'idée est de développer une solidarité active entre les États ce qui permet d'assurer la **sécurité collective**. Les 48 membres de la SDN s'engagent ainsi à garantir la paix mondiale. Initiée par le président américain Wilson, l'organisation est cependant faible et fragile : les États-Unis n'y siègent pas après le refus du Congrès américain de l'intégrer, elle ne possède pas de forces armées et les sanctions économiques sont difficiles à prendre. Dès le début des années 1930, le Japon, l'Allemagne et l'Italie quittent l'organisation enclenchant la marche vers la guerre. En 1945, la question est donc de rendre plus efficace l'action de l'ONU. Son objectif est de **préserver la paix et le respect des droits humains**. Pour cela, elle se dote d'**institutions** dans les domaines du développement humain, réunit son assemblée générale, est représentée par un secrétariat général et possède une force armée non permanente appelée Casques bleus. Pour autant, son **action est limitée** à la sortie de la guerre par l'instauration de la Guerre froide. En 1991, elle se trouve confrontée aux enjeux de puissance des États-nations et ne parvient pas à empêcher le génocide tutsi (cf. génocide) ou la guerre en ex-Yougoslavie.

LES ENJEUX DE PUISSANCE

La fin de la Guerre froide voit émerger un « Nouvel ordre mondial » comme le défend le président américain G. H. Bush en 1990. Le monde bipolaire se concentre à présent autour des États-Unis qui mènent la guerre au Moyen-Orient lors de la Guerre du Golfe. Le ministre des affaires étrangères français Hubert Védrine qualifie alors les États-Unis d'**hyperpuissance** dans un monde **unipolaire**. Rapidement, cependant, la puissance connaît des concurrences avec l'émergence de nouvelles puissances économiques et les intégrations régionales. Les attentats du 11 septembre 2001 viennent ébranler cet ordre mondial en fragilisant la puissance américaine. Le monde est aujourd'hui **multipolaire** et l'ONU devient le lieu du **multilatéralisme**, c'est-à-dire de la négociation et l'action concertée (cf. Géographie - puissance).

3. LES CONFLITS AU MOYEN-ORIENT DANS LA QUESTION DES RELATIONS INTERNATIONALES

À partir des années 1945, le Moyen-Orient devient un **enjeu** pour les puissances mondiales et est au cœur des préoccupations de sécurité collective de l'ONU. La région est profondément géopolitique : son nom vient de l'administration américaine pour désigner les territoires de la péninsule arabique jusqu'à l'Asie mineure et centrale. Elle est riche de **ressources**, notamment en pétrole qui est l'énergie la plus utilisée après 1945 et durant les Trente Glorieuses. C'est aussi une région multiethnique et multiconfessionnelle qui porte une longue histoire et de multiples héritages. La création de l'État d'Israël en 1947 déclenche une longue période de tensions jusqu'à aujourd'hui. Les conflits israélo-arabes puis israélo-palestiniens conditionnent le **jeu des alliances** entre les États de la région mais aussi l'ingérence des puissances de la Guerre froide puis des puissances mondiales après 1991. Les guerres d'Irak en 1990 et 2003 montrent l'ingérence étasunienne. Les ambitions régionales de la Turquie d'Erdogan aujourd'hui et la présence d'organisation terroriste comme l'État islamique intensifient les fragilités et les tensions dans la région. Souvent présenté comme une « poudrière », le Moyen-Orient est encore aujourd'hui au cœur des préoccupations de l'ensemble des États.

CHAPITRE 15

RÉPUBLIQUE

1. LES DATES À RETENIR

- **1792 :** Le 22 septembre est proclamée la Première république française qui s'achève en 1799 avec le coup d'État de Napoléon Bonaparte est la mise en place du Consulat. Ponctuée de nombreuses formes de gouvernement, cette première expérience républicaine pose les bases des principes de la république en France.

- **1848 :** La révolution de février 1848 met fin à la dernière monarchie constitutionnelle en France et donne naissance à la IIe République. Comme la première, la IIe République s'achève par un coup d'État en 1850, celui de Louis-Napoléon Bonaparte.

- **1870 :** La défaite du Second Empire face à la Prusse en 1870 conduit à l'abdication de Napoléon III et à l'avènement de la IIIe République. Marquée par une naissance tumultueuse, la République s'affirme jusqu'en 1940.

- **1946 :** La fin de la Seconde Guerre mondiale met fin au régime du maréchal Pétain arrivé au pouvoir en 1940. Après une période de transition de 1944 à 1946 (GPRF), la IVe République est proclamée. Elle prend fin en 1958 car son système parlementaire ne permet pas de mettre fin à la Guerre d'Algérie.

- **1958 :** Le 4 octobre est proclamée la Ve République qui est toujours le régime politique et la constitution qui régissent la France aujourd'hui.

2. AFFIRMATION ET CONSOLIDATION DE LA RÉPUBLIQUE

La république est un système politique qui repose sur le principe de la représentation du peuple et de la séparation des pouvoirs. Le modèle est celui de la République moderne mais les républiques contemporaines, plutôt qu'un gouvernement aristocratique, ont adopté la démocratie comme mode de gouvernement. La république est donc le cadre de son action.

LA DIFFICILE AFFIRMATION RÉPUBLICAINE

L'instauration de la république est un long **processus politique et historique**. À la Révolution française, le terme de république désigne davantage le principe de représentation du peuple plus qu'un régime politique d'où l'instauration d'une monarchie constitutionnelle. Les deux premières républiques que la France connaît sont éphémères et portées par des révolutions ce qui ne permet pas une grande adhésion au projet républicain dans l'opinion publique. Pourtant, les républicains s'organisent dès 1799 mais c'est sous la Monarchie de Juillet puis le Second Empire surtout que **les idées républicaines se diffusent avec l'organisation de banquets républicains** et l'action d'hommes politiques comme **Léon Gambetta**. Malgré un début sanglant (cf. révolution), la IIIe République s'impose à partir des années 1875. Le régime républicain, à l'exception du régime de Vichy, perdure jusqu'à aujourd'hui en France. Il s'affirme autour de **valeurs** (liberté, égalité, fraternité), de **principes** (une, indivisible, démocratique, sociale et laïque) et de **symboles** (*La Marseillaise*, le drapeau tricolore…).

DE LA RÉPUBLIQUE PARLEMENTAIRE À LA RÉPUBLIQUE SEMI-PRÉSIDENTIELLE

Pour autant, l'affirmation de la république comme régime politique de l'État français connaît des obstacles et des crises. La IIIe République naît dans la révolution avec la Commune de Paris.

Elle est ébranlée par les crises politiques comme l'Affaire Dreyfus et la montée des extrêmes. La république est critiquée pour son organisation qui est vue comme un frein à la prise de décisions d'où les tensions entre république parlementaire et république semi-présidentielle. Devant garantir la séparation des pouvoirs et le non-retour à l'autoritarisme d'un monarque, les quatre premières républiques sont parlementaires : les assemblées sont au cœur du pouvoir tandis que la présidence est plus dans la représentation. Cependant, les assemblées sont soumises au jeu de la majorité et des coalitions. Les gouvernements sont instables durant la IIIe et IVe Républiques amenant des difficultés dans la prise de décision. L'enlisement de la Guerre d'Algérie rappelle au pouvoir le Général de Gaulle, partisan d'un pouvoir plus fort du président comme il l'a défendu dans le discours de Bayeux en 1946. La Ve République abandonne la domination parlementaire pour donner au président le pouvoir exécutif et législatif. Directement élu par les citoyens et citoyennes à partir de 1962, le président possède un certain nombre de pouvoirs. Pour autant, l'Assemblée nationale demeure le lieu où les lois sont proposées, débattues et votées. Ce régime semi-présidentiel est aujourd'hui très discuté et critiqué pour sa concentration des pouvoirs entre les mains de l'exécutif (cf. démocratie).

3. LES PRÉAMBULES DES CONSTITUTIONS

Les valeurs et les principes de la république sont à chaque fois exposés et rappelés dans les préambules des constitutions. La constitution est le texte organique qui organise les différents pouvoirs et administrations de l'État. Pour comprendre le fonctionnement du système républicain, il est important de connaître ses textes notamment le préambule de la Constitution de la IVe République en 1946 et celui de la Ve République en 1958. Le préambule de la IVe République pose les bases de l'État social et démocratique en France : l'égalité des hommes et des femmes est rappelée, l'accès au travail mais aussi aux soins, à l'éducation et à la culture est défendu. Le régime de sécurité sociale est présenté qui garantit la prise en charge du chômage ou de la retraite. Ce sont les fondements des relations entre l'État et les citoyens et citoyennes que les gouvernants doivent respecter. Ces principes et valeurs sont garantis par le Conseil constitutionnel qui doit s'assurer que les décisions prises sont conformes à la constitution.

CHAPITRE 16
RÉVOLUTION

1. LES DATES À RETENIR

- **1789 :** La Révolution française met fin à « l'Ancien régime » de la monarchie de droit divin. Elle devient un modèle de révolution jusqu'à aujourd'hui.

- **1830 :** Le 27, 28 et 29 juillet 1830, la population de Paris se révolte à l'appel des journalistes pour renverser la monarchie de Charles X qui restreint les libertés publiques.

- **1848 :** En février et juin 1848, le peuple de Paris se révolte contre la Monarchie de Juillet pour instaurer la IIe République puis contre le gouvernement républicain. La 2e insurrection est fortement réprimée.

- **1871 :** De mars à mai 1871, Paris refuse les décisions du gouvernement républicain à tendance royaliste installé à Versailles. La ville se dote d'un pouvoir municipal et organise une société locale basée sur les principes du socialisme et du communisme. La Commune est réprimée dans le sang lors de la « Semaine sanglante ».

- **1917 :** En février et en octobre, la Russie connaît deux révolutions. La première met fin au régime tsariste. La deuxième, menée par les bolcheviques, instaure un État communiste avec Lénine comme leader politique.

- **1949 :** Les révolutionnaires communistes chinois rassemblés autour de Mao Zedong sont les vainqueurs de la guerre civile contre les nationalistes et proclament la République populaire de Chine.

- **1978 :** En Iran, le Shah d'Iran, allié des États-Unis, est chassé du pouvoir par une révolution islamique menée par l'Ayatollah Khomeiny. Une république islamique est instaurée et l'Iran se ferme au monde.

- **2011 :** Le « printemps arabe » est un temps de révolution dans les principaux États du Mahgreb et du Moyen-Orient. En Tunisie, en Égypte ou en Syrie, les pouvoirs autoritaires sont chassés ou ébranlés. En Syrie, une guerre civile a lieu depuis 2011, aggravée par la pression terroriste.

2. LA RÉVOLUTION, DES RUPTURES DANS LA VIE POLITIQUE ET SOCIALE

La révolution est un changement brutal dans l'ordre politique et social d'un État. Plus qu'un bouleversement, la révolution conduit à **une ou des ruptures** amenant à une transformation des rapports entre individus et entre individus et État. La France connaît un siècle de révolutions de 1789 à la fin du XIXe siècle, l'Angleterre aussi un siècle plus tôt comme le souligne l'historien Edmond Dziembowski. Les révolutions russes amorcent le XXe siècle qui voit la révolution touchée par la suite les États du Tiers-monde.

LA RÉVOLUTION FRANÇAISE, MODÈLE DES RÉVOLUTIONS ?

La Révolution française amorce dans le découpage du temps l'époque contemporaine et met fin aux temps modernes. La notion de rupture est ici bien mise en avant. Mais pourquoi cette place toute particulière ? La Révolution bouleverse les rapports sociaux entre les individus qui forment la communauté sociale : **l'affirmation du principe d'égalité** abolit la société d'ordres et les principes démocratiques transforment complètement le rapport au pouvoir. Les **acquis de la Révolution française** sont défendus tout au long du XIXe siècle : lorsque les droits sont réduits, remis en cause, les peuples se révoltent contre le pouvoir en place. L'instauration durable du régime républicain vient mettre fin à cette instabilité. Mais la Révolution française nourrit aussi des expériences révolutionnaires en dehors du territoire français comme dans l'empire ottoman avec la révolution des Jeunes-Turcs au début du XXe siècle.

LA RÉVOLUTION, UN OUTIL DE LA LUTTE CONTRE LE DESPOTISME ?

Faire la révolution, c'est alors lutter contre toute forme d'autoritarisme pour assurer l'accès ou la garantie des droits des citoyens. En ce sens, la révolution devient **nécessaire** pour amener la société à plus de justice : c'est ce que met en avant la doctrine politique du communisme (cf. socialisme et communisme). Les révolutions russes permettent la fin du tsarisme et l'avènement d'une société socialiste, de même les communistes chinois se présentent comme révolutionnaires. La jeunesse des pays arabes en 2011 fait la révolution pour avoir droit à la participation active à la vie politique et démocratiser le pouvoir. Les **révolutions sont donc aussi sociales** comme la révolution féministe qui tend à lutter pour l'égalité des femmes et des hommes ou aujourd'hui la révolution écologique pour lutter contre le changement climatique.

3. LA COMMUNE DE PARIS

La Commune de Paris est un évènement important de la fin du XIXe siècle en France et on peut se poser la question de savoir si elle n'est pas une des dernières révolutions politiques que la France connaît. L'expérience politique est celle de la mise en place d'une république sociale : la violence est utilisée par les Communards mais pour permettre la mise en place de cette république sociale. Il est question de garantir à chaque citoyen et citoyenne les droits naturels auxquels il et elle a droit. D'ailleurs les femmes sont très actives dans la Commune en témoigne l'engagement de Louise Michel (cf. *Acteurs et actrices clés*, Histoire-géographie, Studybac, Mini Guide de survie, Studyrama, 2021). Un pouvoir municipal est organisé sur le principe de la gestion collectif. Chaque quartier possède son comité de gestion. C'est donc une organisation très locale pour assurer la prise en compte des besoins des citoyens et citoyennes. Pour Karl Marx, théoricien du communisme, la Commune réalise les objectifs du communisme mais la fragilité du comité central ne permet pas à l'expérience de durer. Du 21 au 28 mai 1871, les troupes d'Adolphe Thiers, président du Conseil de l'Assemblée nationale installée à Versailles, attaquent les positions de la Commune. La Semaine sanglante a un lourd bilan : 25 000 morts sont dénombrés, plusieurs Communards dont Louise Michel sont déportés au bagne.

CHAPITRE 17

RÉVOLUTION INDUSTRIELLE ET INDUSTRIALISATION

1. LES DATES À RETENIR

- **Les années 1770 :** La fin du XVIIIe siècle voit le début de l'industrialisation en Angleterre. C'est l'amélioration de la machine à vapeur par James Watt qui permet la révolution industrielle britannique : son introduction dans les fabriques mais aussi dans l'agriculture bouleverse la production et conduit à un décollage économique.

- **Les phases de l'industrialisation :** L'industrialisation n'est pas un processus uniforme et connaît plusieurs phases :
  - **Des années 1770 aux années 1880 :** le temps de la première industrialisation porté par la machine à vapeur et le charbon. Cette première industrialisation est longue et voit l'émergence de la fabrique puis de l'usine comme lieu de production. La population s'installe en ville de plus en plus.
  - **Des années 1880 jusqu'aux Trente Glorieuses :** le temps de la deuxième industrialisation est le temps de la « fée électricité » et l'avènement du pétrole comme source d'énergie principale. L'urbanisation s'intensifie et la société est industrielle.

- **1889 :** L'Exposition universelle de Paris est un temps d'exhibition de la puissance industrielle des pays occidentaux et est marquée par l'inauguration de la Tour Eiffel. Elle n'est pas la première exposition universelle qui est celle de Londres en 1851.

2. L'INDUSTRIALISATION ET LES BOULEVERSEMENTS ÉCONOMIQUES, SOCIAUX ET CULTURELS

La révolution industrielle et l'industrialisation caractérisent le long XIXe siècle. Les deux expressions se rapprochent mais sont aussi à nuancer. **La révolution industrielle est le changement brutal** d'une économie paysanne vers une économie industrielle. Elle ne touche en réalité que peu de pays et en particulier l'Angleterre et la Belgique. Les autres pays occidentaux connaissent eux un **processus d'industrialisation**, c'est-à-dire la **transformation par étapes** de leur économie rurale vers une économie industrielle.

LES CHANGEMENTS ÉCONOMIQUES APPORTÉS PAR L'INDUSTRIALISATION

L'industrialisation s'appuie sur **l'exploitation de ressources naturelles** pour permettre l'utilisation de machines motorisées. L'innovation de la machine à vapeur qui repose sur l'utilisation du charbon permet la **mécanisation** de l'activité agricole. Cela augmente les rendements et il y a plus de produits à vendre. La consommation augmente en produits agricoles mais aussi en biens et services. La mécanisation entre donc dans la sphère industrielle avec une production de transformation passant de l'atelier à l'usine. Cela conduit à une plus forte **concentration d'ouvriers et ouvrières** en un lieu et donc à l'augmentation de la production. L'arrivée de l'électricité permet de travailler la nuit et de ne pas interrompre les chaînes de production. Le secteur bancaire se développe et investit dans les activités industrielles. La capitalisation boursière apparaît afin de permettre le développement des entreprises dont certaines deviennent multinationales comme Siemens. Pour soutenir la **concurrence**, l'**innovation** est importante : les entrepreneurs-ingénieurs sont au cœur de ce processus.

LES BOULEVERSEMENTS SOCIAUX ET CULTURELS

La grande production de biens agricoles et industriels ouvre un **marché de consommation**. Les grands magasins apparaissent comme le Bon Marché ou la Samaritaine à Paris. Une **classe moyenne**, celle des employés et de la petite bourgeoisie, se forme dans les villes qui accueillent de plus en plus les populations et les activités et qui se transforment avec de **grands travaux** comme ceux du Baron Haussmann. Les services se développent en même temps que l'industrialisation. Une **nouvelle classe de travailleurs** apparaît : ce sont les ouvriers et les ouvrières. Précaires, ils travaillent dans les mines et les usines. Leurs conditions de vie et de travail sont difficiles. Dès les années 1840, ils cherchent à s'organiser afin de défendre leurs droits dans le cadre d'associations puis du **mouvement ouvrier**. Des hommes et femmes s'engagent en politique en leur faveur. Il s'agit de limiter le travail des enfants, prendre en charge les nombreux accidents du travail et encadrer la question des salaires... (cf. socialisme et communisme) Une nouvelle organisation sociale née de l'industrialisation des sociétés.

3. LE FAMILISTÈRE DE GUISE

Certains patrons d'usines ou de mines décident d'agir pour améliorer les conditions de vie de leurs ouvriers et ouvrières : c'est le **paternalisme social**. La prise en charge des dépenses de santé, de l'éducation permet aussi d'assurer le travail et de freiner les révoltes. Ce paternalisme social est mis en application par exemple dans les usines de la famille Schneider au Creusot. Certains patrons vont plus loin et sont portés par les utopies sociales de vie en communauté. C'est le cas avec la fondation du familistère de Guise dans l'Aisne par la famille Godin. Le **familistère** est un bâtiment qui veut être un Palais social : les appartements accueillent les familles d'ouvriers qui sont choisis pour y vivre. Chaque appartement donne sur les autres pour permettre la vie en communauté. Les lieux sont entretenus collectivement : la propreté et la salubrité sont essentielles. Le familistère possède une école, des lieux de culture, de savoir et de divertissement mais aussi son propre magasin d'approvisionnement. Si l'expérience se termine en 1968, sa longévité est un exemple original du renouveau social apporté par l'industrialisation. Le bâtiment existe toujours et il est possible de le visiter.

CHAPITRE 18

SOCIALISME ET COMMUNISME

1. LES DATES À RETENIR

- **1848 :** Publication du *Manifeste du parti communiste* par Karl Marx et Friedrich Engels. Le texte théorise les idées communistes et est aussi le fondement de l'internationalisme du mouvement communiste et ouvrier.

- **1864 :** Première Internationale ouvrière ou Association Internationale des Travailleurs qui se réunit à Londres et dont l'objectif est d'unir les ouvriers pour permettre l'organisation des mouvements et la lutte des classes.

- **1871 :** L'expérience sociale de la Commune permet de mettre en application certains principes du socialisme et du communisme.

- **1917 :** Les révolutions de 1917 en Russie mettent fin au tsarisme et voient l'arrivée au pouvoir des bolcheviques menés par Lénine et qui instaure un État communiste.

- **1919 :** La révolution spartakiste en Allemagne menée par Rosa Luxemburg et Karl Liebknecht contre la République de Weimar est un échec. Les deux leaders sont assassinés.

- **1920 :** Le Congrès de Tours voit la division des socialistes français de la SFIO. La SFIC est créée et devient par la suite le PC.

- **1936 :** Le Front populaire arrive au pouvoir en France porté par une coalition des socialistes et des communistes.

- **1947 - 1991 :** La Guerre froide est le temps de la confrontation entre modèle libéral et modèle soviétique dont la base idéologique est le communisme. Certains États instaurent le communisme comme la Chine en 1949, Cuba en 1959 ou le Vietnam en 1975.

- **1981 :** Élection de François Mitterrand, premier président de la République socialiste en France.

2. L'ÉMERGENCE DES THÉORIES POLITIQUES ET LES MOUVEMENTS OUVRIERS

La démocratie permet le pluralisme politique. Le processus d'industrialisation apporte dans les sociétés occidentales de nouvelles inégalités qui sont économiques et sociales. Les classes se forment au sein de la population active. Ces bouleversements aboutissent à l'émergence de nouvelles idées et doctrines politiques qui contre le libéralisme, prône l'intérêt collectif avant l'intérêt privé.

LA CONSTITUTION DE MOUVEMENTS OUVRIERS

Les ouvriers et ouvrières connaissent des conditions de vie difficiles : ils et elles sont soumis aux patrons d'usine et de mines, leur embauche est conditionnée par le port du **livret ouvrier** qui permet de suivre l'emploi et le salaire, le travail est pénible et souvent dangereux... Dès le début de l'industrialisation, des **contestations de l'ordre industriel** apparaissent : les ouvriers et artisans brisent des machines au début des années 1830 ou se mettent en grève lorsque leurs salaires sont trop bas comme la révolte des Canuts à Lyon en 1834. Depuis 1791, les corporations n'existent plus car sont vues comme des systèmes de privilège et les coalitions ne sont pas autorisées par la Loi Le Chapelier. Il ne faut pas entraver les libertés. Pour autant, les conditions de vie des ouvriers et ouvrières préoccupent les autorités qui multiplient les enquêtes sociales : il faut éviter les révoltes (cf. industrialisation). En **1864**, les coalitions sont de nouveau autorisées **permettant l'organisation de grèves** et en **1884**, les **syndicats sont autorisés** par la loi Waldeck-Rousseau. Ces avancées sociales et politiques sont rendues possibles par la mobilisation des ouvriers et ouvrières qui se structurent en mouvement, se solidarisent et se politisent.

LE SOCIALISME ET LE COMMUNISME : QUELLES DIFFÉRENCES ?

En 1848, le **suffrage devient universel** en France : cela signifie que peu importe la richesse, tous les hommes de plus de 21 ans et de nationalité française peuvent voter. Cette avancée politique importante a aussi pour objectif d'éviter les révolutions en permettant aux classes les plus populaires de participer à la vie politique. Au même moment, les théories politiques qui défendent l'égalité économique et la reconnaissance du travail sont publiées : les écrits de Pierre-Joseph Proudhon sur la question de la propriété privée (« la propriété, c'est le vol ») et le *Manifeste du parti communisme* rédigé par Karl Marx et Friedrich Engels. Il s'agit **d'organiser politiquement les mouvements ouvriers** et de prendre le pouvoir pour changer le système social et économique. Au départ, socialisme et communisme sont deux mots presque synonymes. Après les révolutions russes, une division s'opère entre le socialisme, **réformiste** qui cherche l'amélioration des conditions des travailleurs, et les **communistes**, révolutionnaires qui veulent renverser le système pour créer une utopie sociale. Placés à gauche de l'échiquier politique, socialisme et communisme s'allient ou non au fil de l'histoire politique du XXe siècle.

3. SOCIALISME ET COMMUNISME DANS LA VIE INTELLECTUELLE FRANÇAISE

Les idées socialistes et communistes marquent durablement la vie intellectuelle française. La figure de **l'intellectuel** est par ailleurs très française : il s'agit d'un homme ou d'une femme du culturel qui devient homme ou femme du politique. L'intellectuel après la Seconde Guerre mondiale est engagé : il s'est engagé durant la guerre dans la Résistance, il s'engage aussi durant la Guerre froide. L'exemple de l'intellectuel engagé, proche du communisme est Jean-Paul Sartre. De 1945 à sa mort en 1980, il est un des piliers de la vie culturelle et intellectuelle française. Il théorise en philosophie l'existentialisme puis s'engage dans le communisme. Il fonde le journal *Libération* en 1973. L'arrivée au pouvoir en 1981 de François Mitterrand continue la **transformation de la vie culturelle** : création de la Fête de la musique, politiques qui visent la mise en place d'une démocratie culturelle, les réalisations de son ministre de la culture Jack Lang sont importantes. Les idéologies politiques influencent la vie sociale et culturelle, et le souligner est une bonne chose dans une copie.

CHAPITRE 19

TERRORISME

1. LES DATES À RETENIR

- **1996 :** Le 3 décembre, une bombe explose dans le RER B à la station Port Royal à Paris. Le bilan officiel est de 4 morts et 170 blessés. Les auteurs ne sont pas connus et l'attentat n'a pas été revendiqué.

- **11 septembre 2001 :** Le sol américain est touché par une série d'attentats au bilan humain lourd : près de 3 000 personnes sont décédées. Les attaques sont aériennes : deux avions s'écrasent dans les tours du World Trade Center, un autre sur le Pentagone et un dernier en Pennsylvanie alors qu'il fait route vers Washington.

- **Janvier 2015 :** Le 7 janvier, la rédaction du journal satirique *Charlie Hebdo* est attaquée par les frères Kouachi qui assassinent 11 personnes dont 8 membres de la rédaction, journalistes et caricaturistes. Leur complice attaque une policière et une supérette casher à Porte de Vincennes. Cet attentat déclenche une forte vague de solidarité internationale et une défense de la liberté d'expression.

- **Novembre 2015 :** Le 13 novembre, un commando terroriste attaque la salle de musique du Bataclan où un concert a lieu : 90 personnes meurent. Un deuxième commando terroriste attaque des lieux nocturnes parisiens. Au total, 130 personnes perdent la vie.

2. L'ÉMERGENCE DE NOUVELLES CONFLICTUALITÉS

La fin de la Guerre froide apporte tout d'abord un nouvel ordre mondial dominé par les États-Unis. Mais très vite, les relations internationales se complexifient et des désordres mondiaux apparaissent.

LES REMISES EN CAUSE DES PUISSANCES TRADITIONNELLES

À partir du milieu des années 1990, les rapports de force entre puissances changent. L'**émergence** de nouveaux États sur la scène économique et politique bouleverse les relations entre les pays. Les États-Unis et les puissances européennes sont concurrencés par les pays émergents d'Asie et d'Amérique latine. Leur puissance politique est alors aussi **remise en cause notamment l'hégémonie américaine**. Aux Nations unies, des États fustigent la politique américaine comme le Venezuela d'Hugo Chavez. Mais c'est au Moyen-Orient que les remises en cause sont les plus fortes : en 2003 la guerre d'Irak menée par l'administration Bush n'est pas soutenue par l'ONU et les États arabes critiquent l'ingérence américaine motivée par la lutte contre le terrorisme. Car ce qui fragilise les puissances traditionnelles, ce sont les nouvelles formes que prennent les conflits.

DE NOUVELLES FORMES DE CONFLITS ET DE NOUVELLES MENACES

Le terrorisme désigne l'ensemble des **actes violents** qui sont perpétrés par une organisation et dont l'objectif est de créer un **climat de peur et d'insécurité** au sein d'une population visée. Le terrorisme n'apparaît pas avec le XXIe siècle : les attentats politiques apparaissent par exemple à la fin du XIXe siècle avec les attentats anarchistes. Durant les guerres de décolonisation, le terrorisme est utilisé. Le terrorisme du XXIe siècle présente cependant une menace forte car il possède **les outils des nouvelles technologies** : Internet, la mondialisation illicite et illégale ou encore le risque bactériologique. Le risque terroriste est fort notamment le risque islamiste. L'islamisme est une doctrine qui fait de l'islam et de la loi islamique, les fondements idéologiques de la vie politique et sociale. Certains groupes pour imposer cette doctrine choisit la voie du djihadisme soit de l'action violente. Ces nouvelles formes de confrontation forment les **conflits asymétriques** : l'État se retrouve face à des forces non étatiques et irrégulières.

3. L'ORGANISATION ÉTAT ISLAMIQUE

Trouvant son origine lors de la guerre d'Irak de 2003, l'État islamique est une organisation terroriste qui connaît une intensification de ses activités à partir de 2011 et du printemps arabe. Se présentant comme le successeur de l'organisation Al-Quaïda, responsable avec son chef Oussama Ben Laden des attentats du 11 septembre 2001, l'État islamique combat les forces syriennes et irakiennes et instaure à partir de 2014 un califat dans les villes qu'il prend. De ce califat, les dirigeants de l'organisation aussi appelée Daesh, montent des attentats en Europe comme ceux qui frappent Paris par deux fois en 2015. Pour cela, l'organisation utilise Internet et notamment le Dark Web à la fois pour recruter des terroristes et des soldats qu'ils font venir en Syrie. La lutte contre l'État islamique devient une priorité pour les États occidentaux : sans être coordonnés, les différents ennemis de Daesh affaiblissent l'organisation qui en 2019 perd la quasi-totalité de ses territoires en Syrie et en Irak. Pour autant, elle n'est pas démantelée et demeure un risque terroriste important.

CHAPITRE 20

TOTALITARISMES

1. LES DATES À RETENIR

- **1922 :** Le 24 octobre, les factions fascistes de Benito Mussolini appelées les « Chemises noires » marchent sur Rome, capitale de l'Italie. L'objectif est le renversement du pouvoir. Celui-ci est appelé au pouvoir par le roi Victor-Emmanuel II le 29 octobre et forme un gouvernement de coalition. En 1924, il gagne les élections législatives avec le Parti National Fasciste avec plus de 44 % des voix.

- **1924 :** La mort de Lénine déclenche une guerre intestine au Parti communiste soviétique qui voit le triomphe de Joseph Staline en 1928. L'URSS de Staline de 1928 à 1953 est un temps de totalitarisme dans le long gouvernement soviétique.

- **1933 :** En janvier 1933, Adolf Hitler remporte les élections législatives suite à une coalition pour éviter l'arrivée du communisme en Allemagne. Il est le leader du NSDAP, le parti nazi. Après l'incendie du Reichstag qu'il met sur la responsabilité des communistes, le pluralisme politique est interdit. En 1934, Hitler prend les pleins pouvoirs.

2. DU TOTALITARISME AUX EXPÉRIENCES TOTALITAIRES

Le totalitarisme est un concept complexe en histoire car il appartient davantage aux sciences politiques. Plus qu'une doctrine, les historiens et historiennes montrent que les totalitarismes sont des expériences de gouvernement. Ces différentes **expériences totalitaires** ont des points communs dans leurs pratiques, leurs idéologies sont différentes.

LES POINTS COMMUNS DES EXPÉRIENCES TOTALITAIRES

Les régimes totalitaires sont au nombre de trois : le fascisme italien, le nazisme allemand et le stalinisme en URSS. Ce qui rapproche ces trois régimes c'est leur **exercice du pouvoir** qui repose sur un contrôle total des structures de la vie politique et social. Les régimes totalitaires sont des dictatures : les libertés individuelles sont abolies, le pluralisme politique aussi car seul le parti unique est autorisé et surtout, le **culte du chef** ou culte de la personnalité est central. Mussolini est le « Duce », Hitler le « Führer » et Staline « le père des peuples ». **L'usage de la violence** est systématique pour gouverner : les régimes totalitaires se dotent d'une police politique (l'OVRA en Italie, le NKVD en URSS et la Gestapo dans l'Allemagne nazie) qui permet la répression des opposants et d'encadrer les populations en inspirant la peur. Il faut en effet souligner que les régimes totalitaires exercent un **contrôle total** de la société : ils sont portés par le projet d'une **société nouvelle**, d'un « homme nouveau » ce qui conduit à la prise en charge par l'État de la jeunesse pour permettre l'**embrigadement**. Les sociétés sont globalisantes.

LES DIFFÉRENCES ENTRE LES RÉGIMES TOTALITAIRES DES ANNÉES 1930

Il est difficile de parler d'un seul totalitarisme car leurs idéologies diffèrent. Le fascisme italien et le nazisme allemand sont profondément **anti-communistes** et **nationalistes** alors que le stalinisme a comme fondement le communisme soviétique qui se base non pas sur la nationalité mais sur la fonction de travailleur au sein de la société. Le nazisme allemand demeure le totalitarisme le plus abouti : l'embrigadement de la jeunesse, la répression violente ainsi que l'idéologie raciale et raciste qui est antisémite en font un régime politique violent. Pendant la Seconde Guerre mondiale, la mise en place de la « solution finale » et la décision d'exterminer les Juifs d'Europe montrent la force de l'idéologie totalitaire nazie. À la sortie de la guerre, les vainqueurs dont les États-Unis et l'URSS de Staline, décident de la **dénazification** de la société allemande. Mettre sur le même plan les trois expériences totalitaires a peu de fondement aujourd'hui : elles ont des caractéristiques communes mais ne prennent pas la même forme.

3. LE RÉGIME DE VICHY : AUTORITARISME OU TOTALITARISME ?

Durant la Seconde Guerre mondiale, la France est vite battue en 1940. La IIIe République ne s'est pas préparée à la *blitzkrieg* nazie. Le gouvernement fuit et le maréchal Pétain, héros alors de la bataille de Verdun lors de la Première Guerre mondiale, est appelé au pouvoir. Il signe l'armistice avec Hitler et fonde **le régime de Vichy ou l'État français**. Cette expérience de gouvernement est **autoritaire** : le maréchal Pétain a les pleins pouvoirs et suspend l'Assemblée nationale pour gouverner avec ses conseillers et ministres. La devise de l'État français devient « travail, famille, patrie » et Pétain défend l'idée d'une « révolution nationale ». Profondément anti-communiste et proche du nationalisme italien, sa politique est de donner à la France une place dans l'Europe de l'Allemagne nazie. En ce sens, il **collabore** avec l'Allemagne d'Hitler, organisant la déportation des Juifs de France lors de la Rafle du Vel d'Hiv en 1942. Mais ce n'est pas une expérience totalitaire car l'embrigadement de la société n'est pas réel, les Français et Françaises étant majoritairement attentistes. Surtout, l'opposition est active avec les réseaux de la Résistance malgré la mise en place de la Milice, police politique du régime. **La Résistance**, organisée dès le 18 juin 1940 par le Général de Gaulle depuis Londres, défend les valeurs républicaines. La multiplication des attentats et leur participation aux débarquements de 1944 permettent à la France de faire partie des États vainqueurs de la Seconde Guerre mondiale.

PARTIE 2

LA GÉOGRAPHIE

CHAPITRE 1

AMÉNAGER

1. QUE SIGNIFIE « AMÉNAGER » EN GÉOGRAPHIE ?

La géographie est la science qui étudie le rapport des sociétés humaines à leurs espaces. En effet, les groupes humains s'installent sur une portion de la surface terrestre qui présente des potentialités pour permettre au groupe d'y vivre et de se développer. Il s'agit donc d'organiser cet espace et de se l'approprier. Les espaces appropriés par les groupes humains s'étendant, il est apparu aussi bien dans l'espace qu'entre eux, des contrastes, des différences voire des inégalités. Il devient alors important pour le groupe d'aménager son espace c'est-à-dire de mettre en place des actions qui permettent de réduire les **déséquilibres** apparus. Aménager est donc un terme récurrent en géographie que l'on retrouve dans de nombreux chapitres du programme.

AMÉNAGER, C'EST UNE VOLONTÉ

L'aménagement du territoire est une politique mise en place par des autorités souvent publiques. En effet, il s'agit de mettre en place les actions nécessaires pour **mettre en valeur** un espace. Pour cela, les décideurs de l'aménagement doivent prendre en compte un certain nombre de **facteurs**. Il existe des facteurs internes à l'espace : la population qui l'habite, les potentialités et les contraintes naturelles de l'espace, son accessibilité ou au contraire son enclavement... Il y a aussi des facteurs externes à l'espace : la mondialisation qui met les territoires en concurrence, l'intégration dans une organisation régionale ou tout simplement les relations avec les espaces voisins. Il est nécessaire de prendre en compte l'ensemble de ces conditions pour aménager l'espace.

AMÉNAGER, C'EST UN COLLECTIF

L'aménagement est une action collective qui ne peut se réaliser que si l'ensemble des acteurs du territoire sont intégrés dans le projet. Les acteurs sont multiples : il s'agit des acteurs publics comme les États, les organisations régionales, les collectivités territoriales ou les communes. Les acteurs privés sont aussi parties prenantes des projets d'aménagement : les entreprises qui s'installent sur un territoire, les habitants qui voient leur espace de vie se transformer et toutes les formes de participation civile à la vie locale (associations). Ainsi **aménager est une action qui s'attache à corriger les déséquilibres d'un espace en mettant en valeur son organisation qui est le résultat d'actions d'acteurs multiples en lien avec des facteurs internes et externes**.

2. AMÉNAGER DANS LE CADRE DU DÉVELOPPEMENT DURABLE

En 1987 est publié le rapport Brundtland, considéré comme le texte de travail fondateur du « développement durable ». En effet, les groupes humains en exploitant les ressources du territoire où ils vivent le fragilisent. Il est nécessaire de penser alors l'aménagement dans le cadre de vie des générations actuelles mais aussi des générations futures.

DES ESPACES VÉCUS, HABITÉS ET EXPLOITÉS

Les groupes humains s'installent sur des espaces **qu'ils transforment en territoire** par les activités qu'ils y développent. Ils y installent leur logement, organisent la vie sociale, développent l'activité économique ainsi que les activités récréatives. Pour cela, ils transforment leur espace : des espaces boisés sont défrichés pour installer des logements ou des activités ou au contraire préservés pour du récréatif, un cours d'eau est exploité pour l'eau de la communauté ou une activité agricole… Ainsi, les ressources sont exploitées, le paysage se modifie. Ces actions peuvent avoir des conséquences sur le milieu : déforestation, érosion des sols, pollution, menace sur la biodiversité… L'aménagement doit donc à présent se penser dans la durabilité.

AMÉNAGER OU À MÉNAGER ?

L'aménagement du territoire doit prendre en compte la préservation d'un milieu pour assurer que les groupes humains installés puissent y vivre et développer dans le temps leurs activités. Ainsi, l'aménagement doit aussi être une action qui cherche à ménager les espaces. **Ménager les milieux et les espaces consistent à trouver le compromis entre sa valorisation par les activités humaines et sa préservation pour assurer la durabilité des transformations.** Cela nécessite des compromis entre les différents acteurs du territoire et les enjeux dans le projet d'aménagement.

3. AMÉNAGER LE TERRITOIRE FRANÇAIS

L'aménagement du territoire est au cœur des politiques publiques. En effet, les principes de la Ve République soulignent le caractère **indivisible** du territoire français. De ce fait, il est une priorité nationale de corriger les déséquilibres territoriaux pour assurer l'*égalité* de tous les citoyens.

LA POLITIQUE D'AMÉNAGEMENT EN FRANCE ET SES PRINCIPES

Quatre grands principes guident les politiques d'aménagement en France. Tout d'abord, dans le cadre de la mondialisation, deux principes permettent aux territoires français de faire face à la concurrence européenne et mondiale : **la compétitivité et l'attractivité**. Pour permettre à un territoire de se développer, il faut lui donner accès aux moyens de créer un climat économique et social propice. Le troisième principe est la **cohésion** à l'échelle nationale et à l'échelle du territoire : réduire les déséquilibres c'est permettre à la fois une plus grande cohérence entre les acteurs mais aussi une unité d'action. Le dernier principe est la **durabilité** afin de ménager les ressources et les milieux des espaces. Ces principes sont mis en place à l'échelle nationale mais guident tous les projets d'aménagement aux autres échelles.

UNE MULTIPLICITÉ D'ACTEURS DE L'AMÉNAGEMENT

À l'échelle nationale, plusieurs institutions ont eu en charge la politique d'aménagement du territoire national. La **DATAR** est créée en 1963 avec comme mission de travailler à une répartition plus équilibrée des activités économiques et des groupes humains sur le territoire national. En 2014, elle est remplacée par la **CGET** qui est elle-même remplacée en 2020 par l'**ANCT**, l'Agence Nationale de la Cohésion des Territoires. L'ensemble de ces services ont un rôle de conseil et font de la géographie prospective c'est-à-dire qu'ils imaginent des scénarios d'aménagement. Les projets sont ensuite suivis par les collectivités territoriales que sont les régions et les départements puis les collectivités locales que sont les communes et intercommunalités. Cette multiplicité des acteurs fait qu'en France l'aménagement est souvent **concerté** et nécessite un certain nombre d'outils d'actions comme le PLU, les schémas directeurs, les parcs nationaux…

4. AMÉNAGER ET VALORISER : LE PARC NATIONAL DE LA RÉUNION

Les parcs nationaux sont des exemples d'aménagement du territoire qui montrent à la fois la volonté de valoriser un territoire pour permettre la réduction des déséquilibres tout en préservant un milieu fragile ou endémique. On y retrouve ainsi les quatre principes des politiques d'aménagement.

À la Réunion, un des cinq DROM français, le cœur du Parc national de la Réunion représente 42 % de la superficie de l'île. Créé en mars 2007, il est le 9e parc national français et est inscrit au patrimoine mondial de l'Unesco. Le tourisme est une des activités principales de l'île mais elle fragilise les milieux. Le statut de parc national permet de mettre un territoire sous la tutelle de l'État afin de permettre un développement local qui protège en même temps le patrimoine naturel et culturel. Le projet du parc national est défini dans la charte du parc qui doit être validée par décret. Elle est valable dix ans. Il s'agit de préserver les ressources et le milieu en particulier dans le cœur du parc. L'adhésion des habitants et des communes est primordiale. À la Réunion, 19 des 24 communes de l'île ont adhéré à la charte. Plus de 800 km de sentiers pédestres sont balisés pour explorer les pitons, les volcans de la Réunion. Ainsi, les Hauts, territoires enclavés et au développement fragile, connaissent un projet d'aménagement qui vise à réduire les déséquilibres avec le littoral urbain et habité. Mais le parc national permet aussi à l'île de développer une activité pour moins dépendre de la métropole.

CHAPITRE 2

CENTRE-PÉRIPHÉRIE

1. LA CENTRALITÉ : UN MOYEN DE LIRE L'ORGANISATION DE L'ESPACE

La mondialisation transforme les équilibres entre les territoires. Là où les populations et les activités se concentrent, les territoires connaissent un fort développement et se transforment. *A contrario*, les espaces dépeuplés où les activités sont en déclin connaissent des crises et surtout se retrouvent dépendants des territoires dynamiques. Cette organisation se retrouve à toutes les échelles mais est le résultat d'un processus ancien.

L'INDUSTRIALISATION CONDUIT À LA CENTRALITÉ

Au XIXe siècle, le processus d'industrialisation a conduit à ce que les populations et les activités se concentrent en des lieux de vie et des lieux de travail. C'est tout d'abord la transformation du travail avec l'émergence et l'affirmation de l'usine qui concentre le travail industriel en un seul lieu. Mais c'est aussi les transformations des conditions de vie : les populations quittent les campagnes pour s'installer en ville durant tout le XIXe siècle et le XXe siècle. L'urbanisation **concentre ainsi en ville les populations et les activités**.

L'IMPACT SUR LES TERRITOIRES

Les territoires autour des villes se développent en lien avec elles. En effet, l'agriculture sert à nourrir les populations urbaines, les espaces ruraux sont des lieux de résidence première ou secondaire, d'activités de loisirs ou récréatives... De ce fait, ces différents espaces deviennent des **périphéries** de la ville qui centralise population et activités. Ainsi la centralité est **la capacité**

d'un élément central comme la ville d'agir sur sa périphérie que ce soit en termes d'accessibilité, de services, d'emploi, d'attractivité. Le concept de centre et périphéries est étudié par le géographe Alain Reynaud qui en 1980 démontre que cette organisation conduit à un **rapport de domination** du centre sur les périphéries et à des inégalités entre les espaces à n'importe quelle échelle.

2. LES CENTRES D'IMPULSION MAJEURE DANS LE MONDE

À l'échelle mondiale, l'organisation des espaces entre centres et périphéries a conduit à une hiérarchie des territoires. Cette hiérarchie se met en place selon les critères d'intégration dans la mondialisation. Cela conduit alors à trois types de territoires.

DES CENTRES SITUÉS DANS LES NORDS

La mondialisation conduit à concentrer et polariser les populations et les activités importantes dans certains centres d'influence mondiale. Ces centres d'impulsion se situent principalement dans les pays des Nords, c'est-à-dire les pays post-industriels qui sont les plus développés, et en particulier dans leurs métropoles (cf. métropolisation). Ainsi, ce sont les trois grandes mégalopoles qui sont les **centres d'impulsion majeure** dans le monde : la mégalopole américaine de Boston à Washington, la mégalopole européenne de Londres aux villes d'Italie du Nord et la mégalopole japonaise autour de Tokyo. On y retrouve les centres de commandement à l'échelle mondiale, une forte densité de population et une attractivité économique forte.

DES TERRITOIRES ÉMERGENTS

Ces centres sont mis en concurrence par des territoires émergents. On les nomme régulièrement les BRICSAM pour Brésil, Russie, Inde, Chine, Afrique du Sud et Mexique, et à l'exception de la Russie, sont principalement des pays des Suds, en voie de développement. Leur attractivité économique est forte mais localisée : les grands ports chinois et leurs zones franches, la frontière Mexique-États-Unis et les *maquiladoras* (usines) ou les centres d'affaires de Johannesburg. Ces territoires se développent en lien avec les centres d'impulsion et sont des **périphéries intégrées**.

DES TERRITOIRES EN MARGE ?

Certains territoires ne semblent pas être touchés par l'influence des centres d'impulsion et demeurent des périphéries en marge. Les États d'Asie centrale, une partie du continent africain ou le cœur de l'Amérique du Sud ont des difficultés pour s'intégrer dans les flux de la mondialisation. Éloignés en distance des centres, ces territoires sont cependant en lien : ils possèdent les matières premières nécessaires au développement des produits commercialisés dans les centres. Ainsi, les centres continuent à influencer et dominer les territoires les plus éloignés d'eux.

3. LA FRANCE : UN PAYS CENTRALISÉ ?

En France, le concept de centre-périphérie est aussi actif. L'État français est centralisé depuis la Révolution française : cela signifie que les décisions principales sont prises à l'échelle nationale mais aussi que **les lieux de commandement** se situent en un seul endroit : la capitale.

PARIS, CENTRE DE LA FRANCE

Paris est la **capitale politique, économique et culturelle de la France**. Elle concentre intra-muros les différents lieux de pouvoirs politiques : l'Élysée, les ministères, l'Assemblée nationale et le Sénat. La ville accueille aussi les hauts lieux culturels : les grands musées comme le Louvre ou Orsay, les salles de culture comme l'Opéra ou les théâtres... C'est un patrimoine historique important. Les lieux de décisions économiques sont aussi présents mais s'étendent à sa banlieue avec La Défense dans les

Hauts-de-Seine. Le réseau de transport se construit autour de Paris. Les gares parisiennes sont au cœur du réseau national et régional. Ainsi, la **structure en étoile** est celle qui a été adoptée par les aménageurs dès le XIXe siècle. La région Ile-de-France est polarisée par Paris qui est le bassin d'emplois principal. Il devient ainsi presque difficile dans le langage commun de différencier la ville et la région.

DES VILLES QUI REDESSINENT À L'ÉCHELLE LOCALE LE MODÈLE CENTRE-PÉRIPHÉRIE

Pour équilibrer le territoire, l'État a pris la décision de délocaliser vers les villes de province des compétences (cf. décentralisation). Cependant, à l'échelle locale cela recrée le modèle centre-périphérie. Dans le cœur urbain se retrouvent les lieux de commandement ainsi que la gare ferroviaire et routière : la structure en étoile est conservée. Les périphéries proches des villes sont intégrées : elles ont des emplois et sont des bassins résidentiels. Les espaces ruraux sont en relation avec la ville et des mobilités s'instaurent. C'est le cas pour les grandes métropoles régionales comme Lille ou Lyon mais les villes secondaires aussi connaissent la même organisation comme Avignon ou Le Havre.

4. NEW YORK : CAPITALE DE L'ÉCONOMIE MONDIALE

New York est la capitale économique des États-Unis. Mais la présence dans la ville de la Bourse de Wall Street, des sièges des grandes firmes transnationales à Manhattan ainsi que l'installation de lieux de commandement à l'échelle mondiale peut amener à se demander si la ville n'est pas « la capitale du monde ». En effet, New York concentre une forte population de 19 millions d'habitants et elle est au cœur de la mégalopole américaine. Le siège des Nations unies y a été installé tandis que Manhattan concentre les lieux de décisions de l'économie mondiale. La ville est attractive aussi bien à l'échelle des États-Unis qu'à celle du monde. Porte d'entrée de l'Amérique au XIXe siècle, elle reste un lieu ancré dans l'imaginaire des migrants. Elle possède des universités qui attirent les étudiants du monde entier. Cette forte centralité a une influence à toutes les échelles : elle est une ville mondiale qui rayonne.

CHAPITRE 3

DÉCENTRALISATION

1. À QUOI CORRESPOND LA DÉCENTRALISATION ?

La décentralisation est un **processus d'aménagement** de l'État : celui-ci transfère un certain nombre de compétences administratives vers d'autres échelons de décision qui sont locales. La décentralisation a été mise en place à partir des lois Defferre en 1982 et 1983 afin de donner aux autres acteurs publics que sont les régions, les départements et les communes, les moyens de prendre des décisions.

DÉCENTRALISATION, DÉCONCENTRATION ET DESSERREMENT

Il faut faire attention à ne pas confondre ces trois termes qui ont une définition différente. La décentralisation est un **processus administratif** qui consiste à réduire la concentration des pouvoirs en un pôle et à donner des compétences aux échelons locales qui sont distinctes de celles de l'État. La déconcentration est un déplacement géographique qui permet de déléguer des pouvoirs et des moyens de décisions de l'État à des agents territoriaux. Le desserrement répond au manque d'espace dans le centre des agglomérations et cela conduit populations et activités à se déplacer en périphérie. Dans les trois cas, il s'agit d'évaluer les rapports en centre et périphéries à différentes échelles.

2. LES OBJECTIFS DE LA DÉCENTRALISATION EN FRANCE

La décentralisation des compétences et la déconcentration administrative ont contribué au développement régional. Ainsi, la décentralisation est une politique d'aménagement qui vise plusieurs objectifs dont le premier et principal est de rapprocher

le processus de décision des citoyens et favoriser ainsi une démocratie de proximité.

DÉCENTRALISATION TERRITORIALE ET DÉCENTRALISATION FONCTIONNELLE

La décentralisation territoriale consiste au transfert de compétences aux collectivités territoriales et collectivités locales. Elle leur permet d'acquérir à leur échelle une certaine autonomie. Elles bénéficient d'un budget voté à l'échelon national et qui est réparti de manière équitable entre les différentes collectivités. La décentralisation fonctionnelle concerne le transfert de compétences à des établissements publics qui doivent gérer un service public comme les hôpitaux publics, les universités ou les musées. Leur autonomie est circonscrite à leur domaine de services publics.

LA DÉMOCRATIE DE PROXIMITÉ

La centralisation des décisions à Paris est apparue pour les responsables et décideurs politiques comme un obstacle à la mise en place d'une démocratie de proximité. Il s'agit aussi de prendre des décisions d'aménagement en cohérence avec les réalités du territoire local que ce soit les ressources naturelles et humaines, les enjeux et les défis. Pour cela, les collectivités territoriales et locales ont des instances de représentation et de débat des projets comme le conseil régional, le conseil départemental et le conseil municipal. Ce système est aussi présent dans les établissements publics avec un conseil d'administration où siège l'ensemble des acteurs de l'institution. Dans une université, le conseil de l'université est le résultat d'élections du président(e) de l'université aux représentants des étudiant(e)s.

3. LA FRANCE, UN MILLE-FEUILLE ADMINISTRATIF ?

La décentralisation a conduit à superposer les acteurs et les lieux de décisions en ce qui concerne l'aménagement mais aussi les questions économiques, sociales et culturelles. Ces différentes strates se font **concurrence** parfois et il est nécessaire qu'elles se concertent régulièrement pour assurer la cohérence des projets mais aussi la cohésion territoriale. La réforme territoriale de 2015 avec la refonte des régions vise à simplifier ce « mille-feuille » administratif.

ACTEURS	QUELQUES DOMAINES DE COMPÉTENCES
Union européenne	• Aide aux régions défavorisées de l'Union européenne • Renforcement de la cohérence territoriale européenne
État français	• LGV et autoroutes • Protection du patrimoine naturel et historique
La région	• TER, aéroports • Pôles de compétitivité • Lycées • Parcs naturels régionaux
Le département	• Collèges • Routes départementales • Développement du tourisme
L'intercommunalité	• Ramassage des déchets • Gestion de l'eau • Gestion des transports (bus, tramway)
La métropole	• Compétitivité économique du territoire • Politique d'accueil de nouvelles populations • Concentration des activités
La commune	• Rénovation et cohésion urbaine • Écoles maternelles et élémentaires
Les habitants et les associations de quartier	• Défense et/ou amélioration du cadre de vie

La multiplicité des acteurs montre que la décentralisation repose sur une **gouvernance** efficace.

CHAPITRE 4

DÉVELOPPEMENT DURABLE

1. LE DÉVELOPPEMENT DURABLE, UN CONCEPT CLÉ DANS LE MONDE D'AUJOURD'HUI

Le développement durable est au cœur des politiques économiques, d'aménagement territorial, des projets sociaux et culturels. Le changement climatique que la Terre connaît aujourd'hui et qui résulte de **l'intensification des activités humaines** n'est plus remis en cause par les institutions internationales et la majorité des États. Il apparaît alors comme essentiel de réfléchir à des **solutions** pour permettre aux générations futures d'avoir accès aux ressources et aux conditions de vie des générations actuelles et préserver ainsi l'environnement.

DU DÉVELOPPEMENT AU DÉVELOPPEMENT DURABLE

Le développement désigne l'ensemble des transformations techniques, sociales, territoriales, démographiques et culturelles qui accompagne la croissance et la production. Cette définition économique du développement n'est aujourd'hui plus complète. Le développement c'est aussi garantir aux populations **des conditions de vie décentes**, un bien-être et le bonheur : l'IDH qui est l'indice de développement humain prend ainsi en compte l'espérance de vie et l'alphabétisation en plus du PIB. L'intense transformation des ressources naturelles depuis l'industrialisation et les bouleversements paysagers que connaissent les espaces font que mesurer le développement, c'est aussi mesurer **l'empreinte écologique** des populations sur les territoires où ils sont installés. Cette empreinte écologique mesure l'exploitation des ressources ainsi que la capacité à traiter les déchets des groupes humains. Le développement durable prend en compte cet aspect environnemental pour garantir un « égal accès aux ressources aux générations actuelles et aux générations futures » (Rapport Brundtland).

LES OBJECTIFS DU DÉVELOPPEMENT DURABLE

Les objectifs du développement durable ont été énoncés lors du Sommet de la Terre de Rio de Janeiro en 1992 à partir du texte de travail appelé « Rapport Brundtland ». Le développement durable repose sur **trois piliers** : économie, social et environnement. Ces trois piliers doivent fonctionner ensemble pour permettre aux groupes humains d'aménager leur territoire dans le cadre de **trois objectifs** : il doit être viable, vivable et équitable. Depuis les années 2000, un quatrième pilier est apparu : celui de la culture. En effet, le développement durable peut se mettre en place si les groupes humains intègrent la nécessité de penser aux générations futures. Enfin, le concept repose sur la synergie de tous les acteurs du territoire : c'est la **gouvernance participative**. Les acteurs publics et privés à toutes les échelles doivent se concerter pour assurer des projets viables, vivables et équitables.

2. « PENSER GLOBAL ET AGIR LOCAL »

Le développement durable aujourd'hui se résume en cette phrase-slogan « Penser global, agir local ». Cela signifie qu'à l'échelle mondiale, le développement durable est un concept et une politique partagés par tous les groupes humains mais son application ne peut être uniforme.

LE DÉVELOPPEMENT DURABLE À L'ÉCHELLE MONDIALE

À l'échelle mondiale, le développement durable est présent dans toutes les grandes réunions internationales. Les **sommets de la Terre et les conférences** comme la COP 21 de Paris sont les grands moments où les États s'engagent dans des actions concrètes pour diminuer les gaz à effet de serre, la pollution marine ou défendre un traitement des déchets plus efficace. Les

États signent des protocoles comme le protocole de Kyoto en 1997 qui sont des engagements. L'ensemble de ces réunions sont sous l'égide des Nations unies qui ont défini les ODD, les **Objectifs de Développement Durable**. Ils sont au nombre de 17 et ne visent pas moins que de « sauver le monde » (site de l'ONU) ce qui montre l'urgence de l'action collective face à la situation actuelle.

LE DÉVELOPPEMENT DURABLE DANS L'AMÉNAGEMENT DES TERRITOIRES

Ces objectifs ne peuvent cependant être efficaces que s'ils sont mis en place en respect des conditions, milieux et populations des territoires dans le monde. Ainsi, il n'est pas **cohérent** de penser qu'un pays industrialisé et un pays en développement puissent avoir le même projet de développement durable tout simplement car ils ne connaissent pas le même stade de développement. Si dans les pays des Nords, l'action porte notamment sur l'amélioration de la vie dans le milieu urbain (Agenda 21), les pays des Suds se concentrent sur les politiques permettant l'accès à la sécurité alimentaire et la prise en charge de la santé. Le schéma est donc le même, les objectifs aussi mais les moyens s'adaptent aux territoires.

3. L'ÉCOQUARTIER : UN EXEMPLE D'ACTION INSCRIT DANS LE DÉVELOPPEMENT DURABLE ?

Dans les pays des Nords, la ville est devenue le principal cadre de vie des populations. De par la concentration en humains et en activités, la ville est énergivore, s'étale sur les espaces ruraux et fait pression sur les ressources. Il devient essentiel de repenser la ville dans le cadre du développement durable. Le projet d'écoquartier cherche à combiner l'ensemble de ces facteurs.

L'écoquartier Confluence à Lyon est un exemple de projet de développement durable dans la ville. Lyon est une métropole attractive qui accueille entreprises et populations. Le cadre de vie est mis en valeur. L'arrivée de nouvelles populations a conduit les autorités de la métropole à réorganiser son territoire. L'écoquartier de Confluence lancé en 2010 suite au projet de rénovation urbaine lancé en 2003. L'objectif est de réhabiliter d'anciennes friches industrielles en respectant les piliers du développement durable : mixité sociale avec la construction de 5 000 logements pour 16 000 emplois avec 76 hectares réhabilités, des bâtiments à énergie positive pour 2025 et des milliers d'emplois. Pour autant, la question se pose de savoir si toutes les populations ont accès à ces quartiers et leur impact sur le prix des biens immobiliers.

CHAPITRE 5

DYNAMIQUES

1. QU'APPELLE-T-ON UNE DYNAMIQUE EN GÉOGRAPHIE ?

Étudier les transformations des espaces et des territoires en géographie demande de s'interroger sur les dynamiques qui les traversent. C'est pour cela que l'on parle le plus souvent de **dynamiques spatiales ou territoriales**.

LES DYNAMIQUES SONT DES CHANGEMENTS

Les espaces et les territoires sont voués à changer du fait qu'ils sont occupés, transformés et organisés par les populations qui y vivent. Les dynamiques désignent l'ensemble de ces changements et de ces **évolutions**. Il est cependant essentiel de les définir dans le sens positif et négatif. Une dynamique peut être un développement, une croissance positive comme l'arrivée de nouvelles populations dans un lieu. Mais une dynamique c'est aussi, dans certaines situations socio-spatiales, un déclin ou une déprise d'une activité, d'un territoire ou d'une population. Il est très important face à un sujet où le terme apparaît d'avoir ces deux sens à l'esprit.

LES DYNAMIQUES SONT MULTIPLES

Penser les dynamiques demande d'adopter deux points de vue. Comme elles s'inscrivent dans un espace, il est important de penser à la localisation des populations et des activités en son sein. En effet, les populations et les activités se déplacent selon **les potentialités et les contraintes** de l'espace et du milieu. Il faut dans un second temps se poser la question des aménagements et de la maîtrise des territoires. Les dynamiques de population et d'activité conduisent à organiser le territoire selon ces changements. La capacité à mettre en valeur les contraintes, à s'appuyer sur les potentialités d'un groupe humain sont autant de signes de la maîtrise du territoire. De même, les projets de rénovation, de revitalisation et de renaissance s'inscrivent dans ces dynamiques.

2. LES FLUX ET LES MOBILITÉS : DES FACTEURS DE LA NOUVELLE DYNAMIQUE DANS L'ESPACE

À l'échelle mondiale, les dynamiques sont souvent étudiées aux prismes des **déplacements de biens, de populations et d'informations**. En effet, les flux de toute nature témoignent des échanges entre les territoires. Ces échanges sont à l'origine d'aménagement et montrent la capacité des États à maîtriser leur territoire.

UNE INTENSIFICATION DES FLUX

La mondialisation a conduit à une **intensification des flux** car le processus met en contact des territoires plus ou moins éloignés. C'est d'abord des flux de biens matériels avec la division internationale du travail qui éclate lieux de production et lieux de consommation. Les flux immatériels se sont aussi multipliés notamment avec la diffusion d'Internet : informations, échanges professionnels, rencontres culturelles... Le cyberespace est un nouveau territoire dans le monde aujourd'hui. Ces flux bouleversent les territoires : les dynamiques se concentrent dans les villes et sur les littoraux qui sont les lieux équipés et portes d'entrées pour tous ces biens matériels et immatériels. Cela conduit aussi à des déséquilibres à l'échelle nationale. Mais ce sont les flux de personnes qui transforment les territoires.

DES MOBILITÉS RENOUVELÉES

Les mobilités désignent les déplacements de personnes. Si les migrations sont des déplacements définitifs, les **mobilités sont inscrites dans un temps**. Ainsi on parle de mobilités pendulaires pour le quotidien, de mobilités touristiques ou encore de mobilités de travail. Ces déplacements de populations ont un impact sur l'aménagement des territoires selon les lieux qu'ils traversent. Les mobilités dynamisent un territoire plutôt qu'un autre lorsqu'elles permettent le développement d'activité ou au contraire ne font que traverser un territoire (c'est l'effet-tunnel). Les mobilités bouleversent le rapport aux espaces.

3. LES DYNAMIQUES EN COURS DANS L'ESPACE FRANÇAIS

L'espace français est traversé par de nombreuses dynamiques. Elles sont démographiques et économiques principalement. Elles permettent de comprendre la **répartition** de la population et des activités sur le territoire national.

LES DYNAMIQUES DÉMOGRAPHIQUES

La population française métropolitaine et ultramarine monte à plus de 67 millions d'habitants en 2020 selon le dernier recensement de l'INSEE. Le solde naturel est positif : cela signifie que le nombre de naissances est plus important que celui des décès et ce, en dépit du bilan de la pandémie de Covid-19. Le solde migratoire lui est aussi positif : il y a plus d'arrivées que de départs de population. Comment se déplacent ses populations ? Les dynamiques de peuplement montrent que les Françaises et les Français vivent principalement en ville. Un **effet « *sunbelt* »** agit sur le territoire français : les villes les plus attractives se situent à l'ouest et au sud. C'est l'héliotropisme et la littoralisation qui avantagent Nantes, Bordeaux ou Toulouse tandis que les villes du nord et du centre de la France connaissent un dynamisme moins important.

LES DYNAMIQUES ÉCONOMIQUES

Les activités économiques se concentrent autour des grands pôles urbains ou des pôles urbains secondaires. Plus elles sont à proximité des lieux de décisions et des bassins démographiques, plus elles se développent. De même, les activités agricoles les plus dynamiques se situent souvent dans l'aire d'influence d'un pôle urbain comme les grands champs de la Beauce. Les dynamiques économiques se comprennent à la lecture de nombreux facteurs : emplois, milieu, accessibilité… Autant de conditions que les politiques d'aménagement cherchent à valoriser.

4. LE TOURISME EN FRANCE : UNE ACTIVITÉ QUI ENGENDRE DE NOUVELLES DYNAMIQUES TERRITORIALES

L'activité touristique est importante pour la France. Destination de nombreux vacanciers européens et mondiaux, la France possède de nombreuses aménités qui expliquent ce succès : patrimoine culturel et historique, patrimoine naturel, diversité des paysages… Accueillir les mobilités touristiques demande des aménagements particuliers et développe de nouvelles activités. Ainsi, si Paris accueille autant de touristes c'est pour son patrimoine matériel et immatériel (les représentations) mais aussi pour sa proximité avec un des parcs à thèmes les plus fréquentés en Europe : Disneyland-Marne le Vallée qui en 2018 a accueilli plus de 9 millions de visiteurs. Situé à l'est de Paris, en Seine-et-Marne, le parc est desservi par les transports régionaux et accessibles par les principaux axes routiers. À l'échelle européenne, la proximité de l'aéroport Roissy-Charles de Gaulle permet une bonne desserte. La zone touristique crée de nouveaux emplois qui font du parc Eurodisney, un espace productif de services important. Mais les employés ne peuvent vivre à proximité. Une majorité d'entre eux résident en Seine-St-Denis. Certains quartiers de la ville nouvelle de Marne-la-Vallée sont inaccessibles en termes de prix aux populations locales et sont à destination de de classes supérieures aisées qui travaillent ailleurs dans la région francilienne.

CHAPITRE 6

ÉCOSYSTÈME ET CLUSTER

1. L'ÉCOSYSTÈME, UN TERME VENU DES SCIENCES NATURELLES ET QUI DEVIENT GÉOGRAPHIQUE

L'écosystème désigne en sciences naturelles un ensemble formé par des êtres vivants qui sont en relation avec leur **environnement**. Cette relation est primordiale car elle permet la continuité du vivant et le développement biologique. Ainsi en géographie, l'écosystème est souvent lié à environnement, **biodiversité et patrimoine naturel**.

L'ÉCOSYSTÈME EN GÉOGRAPHIE

Les géographes se sont intéressés à ce concept pour étudier les interactions et les dépendances entre les différents organismes vivants d'un milieu, de la bactérie à l'être humain. La géographie cherchant à spatialiser, il apparaît que l'écosystème ne possède pas de dimension facilement définissable et qu'il se construit par **la chaîne de dépendance** qui s'instaure entre les êtres vivants. Il est utilisé par exemple pour étudier les liens entre environnement et maladie (exemple : la gestion de la forêt pour contenir la diffusion de la maladie de Lyme transmise par les tiques.)

UN TERME QUI DEVIENT ÉCONOMIQUE.

Le terme s'est étendu aux sciences humaines. En économie, l'écosystème désigne **l'ensemble des environnements** économique, géographique, démographique, social et culturel qui interagissent entre eux et avec lesquels l'entreprise doit composer. L'idée de chaîne de dépendance est donc toujours présente. Cela se met en particulier en place lorsqu'on étudie les pôles de compétitivité. On parle alors de **cluster**. Le terme est associé à l'idée de concentration. En géographie économique, il s'agit de la concentration d'activités regroupées autour d'un secteur ou d'une filière. En géographie de la santé, un cluster est le regroupement de personnes touchées par une même maladie contagieuse. C'est le cas avec la pandémie de Covid-19.

2. CLUSTER ET ÉCOSYSTÈME : UTILISER DES TERMES DES SCIENCES POUR COMPRENDRE L'ORGANISATION GÉOGRAPHIQUE DES ACTIVITÉS HUMAINES

Un écosystème est une **communauté économique** dont le fonctionnement repose sur l'interaction entre entreprises et acteurs individuels. Ceux-ci s'associent pour mettre en œuvre des projets élaborés en concertation et qui visent à soutenir l'économie et l'innovation dans des territoires qui ont été sélectionnés et choisis. C'est cette multiplicité des acteurs qui font que le regroupement d'activité est un cluster. Ces regroupements sont soutenus par les pouvoirs publics qui y voient le moyen de développer l'attractivité et la compétitivité d'un territoire. Il y a donc l'idée de polarisation et de dépendance entre les acteurs. Dans un **pôle de compétences** qu'est le cluster, ce sont les savoir-faire qui se concentrent autour d'un secteur ou une filière. Lorsque ce savoir-faire industriel s'associe à des bases scientifiques, cela met en place des pôles de compétitivité qui reposent sur le développement de la **recherche et de l'innovation** pour faire face à la concurrence. Ces réorganisations s'inscrivent dans la logique de la mondialisation. Le cluster est ainsi une portion de l'écosystème économique et industriel qui est mis en place.

3. LE PLATEAU DE SACLAY : UN CLUSTER INDUSTRIEL

Le plateau de Saclay est souvent présenté comme la « Silicon Valley » française. À l'ouest de l'agglomération parisienne, au milieu de l'espace agricole et forestier de la vallée de Chevreuse, écoles, universités et entreprises se sont associés pour monter un cluster scientifique, technologique et industriel. Le développement est associé à la proximité de Paris : la capitale et métropole assurent la bonne desserte en transport qui est mise en valeur avec le projet du Grand Paris express. De même, les liens avec les universités sont plus faciles. Le cluster qui porte nom de « Paris-Saclay » regroupe aujourd'hui 15 % de la recherche publique et privée française avec la présence d'HEC, du CEA et de l'école Polytechnique. Il s'agit ainsi d'un territoire de l'innovation qui repose sur une communauté d'acteurs privés et publics. Un écosystème industriel et scientifique est ainsi mis en place.

CHAPITRE 7

ESPACE / TERRITOIRE

1. ESPACE ET TERRITOIRE : CE N'EST PAS LA MÊME CHOSE !

Souvent, on confond espace et territoire. Les deux mots sont certainement ceux les plus utilisés et les plus présents dans les manuels scolaires. Et c'est bien normal car la géographie c'est la science de l'organisation de l'espace et des dynamiques des territoires.

L'ESPACE EN GÉOGRAPHIE

L'espace est d'abord une portion de la surface de la Terre qu'elle soit continentale ou maritime. Les géographes poussent la définition plus loin : sur cette portion de surface terrestre, des groupes humains s'installent. Ils établissent alors un système de relations entre l'espace terrestre et la société qu'ils construisent. L'espace devient géographique c'est-à-dire qu'il est le produit d'une **société** organisée qui l'utilise et qui l'aménage. C'est pour cela que le géographe Armand Frémont a élaboré le concept **« d'espace vécu »** en 1976. Il identifiait en ces termes la région, échelon construit par les autorités politiques mais qui petit à petit s'est intégré dans le quotidien des Français et des Françaises. Ainsi, l'espace est **approprié** par le groupe humain qui l'occupe.

LE TERRITOIRE : UN ESPACE D'IDENTITÉ

Le territoire est un espace vécu et approprié par un groupe humain. S'il est souvent utilisé en synonyme d'espace, la géographie introduit cependant des nuances. Le territoire est en lien avec l'**identité**. S'il est un espace vécu, cela signifie que la population s'identifie à cet espace. Cette identité peut prendre plusieurs formes. Le territoire est d'abord politique, il est étatique et on lui reconnaît alors des frontières. Le territoire est administratif, il correspond à des caractéristiques établies qui permettent de l'identifier. Enfin le territoire est culturel et symbolique, il est propre aux représentations que ses habitants construisent de lui. En ce sens, le territoire est souvent de proximité. Les multiples sens du terme ont amené certains géographes comme Maryvonne Le Berre à affirmer que **« tout est territoire »**.

2. ESPACE MONDIALISÉ ET TERRITOIRES DE LA MONDIALISATION

Il est possible d'établir la distinction à l'échelle mondiale. En effet, la mondialisation a repensé les espaces et les territoires du fait de leur connexion et de leur interdépendance. Il est alors important de les penser par échelle.

UN ESPACE MONDIAL MONDIALISÉ

On peut entendre par espace mondialisé l'ensemble des surfaces terrestres qui reçoivent et/ou produisent des flux de la mondialisation. Avec le processus de mondialisation, des portions de la Terre qui n'entraient pas en contact se sont retrouvées à échanger et même à entretenir des formes de dépendance. Ce phénomène est présent dans quasiment tous les espaces malgré des degrés divers ce qui n'empêche pas de pousser à une forme d'homogénéisation. L'espace mondialisé désigne donc l'**ensemble des territoires qui s'intègrent à des degrés divers dans la mondialisation économique mais aussi culturelle**.

DES TERRITOIRES DE LA MONDIALISATION

Les territoires de la mondialisation sont donc multiples. Ce sont d'abord les territoires au cœur de la mondialisation comme les métropoles et les villes. Ce sont aussi les **territoires productifs** dans la mondialisation : l'usine Foxconn à Shenzhen, les immenses champs de soja au Brésil ou la Silicon Valley aux États-Unis. Ce sont enfin les **territoires symboliques** de la mondialisation : les bourses et les quartiers d'affaires, les sites touristiques attractifs ou les lieux de patrimoine mondial. Le territoire se décline à toutes les échelles.

3. L'ESPACE MONTAGNARD FRANÇAIS : UN TERRITOIRE PROTÉGÉ

On peut comprendre la nuance entre espace et territoire en s'intéressant aux montagnes et en particulier aux montagnes françaises. L'espace montagnard désigne la surface terrestre française où le relief est supérieur à 600 m au-dessus de la mer (loi de 1961). L'altitude, la pente et un climat particulier permettent de délimiter l'espace montagnard. Les montagnes sont habitées en France. On y trouve les activités agropastorales qui sont traditionnelles mais aussi depuis les années 1960, le développement d'activités touristiques. Avec le plan Neige, ce sont les stations de ski qui se sont établies et développées. La renaissance rurale en 1990 concerne aussi les montagnes qui deviennent attractives pour un tourisme vert, de randonnées… La montagne est donc un espace aménagé notamment depuis la Loi « montagne » en 1985 qui vise à la fois le développement et la préservation de l'espace et du milieu montagnard. Elle reconnaît aussi par là une identité aux montagnes françaises. D'ailleurs, une partie des montagnes est protégée : ce sont les territoires des parcs nationaux comme celui de la Vanoise ou des Écrins dans les Alpes ou celui des Pyrénées. Les territoires de montagne sont divers : la montagne alpine est différente de la montagne cévenole ou jurassienne. Ainsi l'espace montagnard français se décline en divers territoires de montagne.

CHAPITRE 8

ESPACE RURAL

1. QU'EST-CE QUE L'ESPACE RURAL ?

Pendant longtemps, l'espace rural a été associé à la campagne. Celle-ci désigne étymologiquement ce qui relève des champs et c'est ce qui a conduit à identifier l'espace rural comme espace agricole. Le XXe siècle a vu cependant ces termes évoluer : la campagne est devenue petit à petit tout ce qui n'est pas urbain tout comme le rural. Il est alors difficile de définir les espaces ruraux. Les géographes se reposent donc sur plusieurs critères pour permettre de reconnaître et caractériser ces espaces.

L'ESPACE RURAL EST D'ABORD UN ESPACE QUI S'OPPOSE À L'ESPACE URBAIN

En France, la législation considère comme rurale toute personne qui vit dans une commune de moins de 2000 habitants soit toute personne n'habitant pas en ville. Le découpage par l'INSEE du territoire en zone urbaine rend plus flou cette limite : en effet, l'institut prend en compte aussi la question des mobilités pendulaires c'est-à-dire des déplacements entre la commune rurale et la ville pour les activités. Ainsi, une commune rurale est intégrée dans une aire urbaine si plus de 40 % des actifs de sa population travaillent dans un pôle urbain. Cette limitation floue entre ville et campagne, entre espace urbain et espace rural se retrouve dans de nombreux pays développés en Europe ou en Amérique du Nord, d'autant plus que chaque État n'a pas la même définition de l'urbain. Il faut aussi ajouter l'émergence du **périurbain** qui vient rendre encore plus complexe cette définition.

L'ESPACE RURAL REGROUPE DES ACTIVITÉS DIVERSES

Comme rappelé plus haut, l'espace rural a longtemps été associé à l'activité agricole d'autant plus que cette activité à modeler les paysages ruraux. En effet, selon les méthodes pratiquées, le paysage rural agricole peut être celui de l'**openfield** (champ ouvert) ou du **bocage** (champ fermé par des haies). Aujourd'hui, les espaces ruraux sont marqués tout comme la ville par leur **multifonctionnalité** : l'activité agricole est toujours présente mais l'espace accueille aussi des activités industrielles notamment avec l'exploitation et la transformation de ressources comme le bois et des activités de services avec l'émergence d'un tourisme rural ou « vert ». En somme, tout comme en ville, l'espace rural propose des activités multiples.

L'ESPACE RURAL S'ORGANISE AUTOUR DE NOUVELLES FAÇONS DE L'HABITER

Définir les espaces ruraux serait alors possible en étudiant les manières de vivre dans ces communes et territoires, et les conséquences de ces modes d'habiter sur l'organisation de l'espace : c'est la **ruralité**. Selon le géographe Laurent Rieutort, la ruralité désigne « l'ensemble des représentations collectives participant à une forme d'identité et de fonctionnement des espaces ruraux ». En clair, la ruralité est le fait qu'une personne s'identifie comme rurale et qu'elle soit aussi reconnue comme telle, cette identité conduisant à des manières de vivre particulière dans l'espace rural. Parfois cette ruralité se rapproche de celle de l'**« hyper-ruralité »** ou au « rural profond » qui désigne les territoires éloignés voire marginalisés. Ces représentations changent aussi selon les pays ce qui montre à nouveau toute la difficulté de définir les espaces ruraux.

2. COMMENT SE DÉVELOPPENT LES ESPACES RURAUX DANS LE MONDE ?

LES ESPACES RURAUX DES PAYS DÉVELOPPÉS

Dans les pays développés et surtout occidentaux, les géographes remarquent que les territoires s'homogénéisent : cela signifie que la classique opposition ville/campagne tend à disparaître. Le phénomène s'explique par l'effet de périurbanisation que connaissent ces pays : la ville avance sur l'espace rural avec le mitage qui voit les quartiers pavillonnaires être construits sur d'anciennes terres agricoles. Les espaces ruraux des pays développés connaissent alors une diversification de ses fonctions : l'espace n'est plus qu'agricole et/ou productif, il est aussi résidentiel et récréatif. En effet, les espaces ruraux accueillent aussi les activités de loisirs (promenade, activités sportives) et deviennent aussi l'espace des résidences secondaires. Cependant, ces mutations sont inégales car souvent liées à l'**accessibilité** de l'espace rural concerné.

LES ESPACES RURAUX DES PAYS ÉMERGENTS ET EN VOIE DE DÉVELOPPEMENT

Dans les pays émergents et en développement, la population reste bien souvent majoritairement rurale car l'agriculture joue encore un rôle essentiel dans l'économie du pays. On retrouve des campagnes traditionnelles qui voit une agriculture vivrière encore importante. Cependant, ces pays se sont souvent lancés dans des programmes de modernisation appelés **« révolutions vertes »** qui visent à transformer l'agriculture traditionnelle en agriculture intensive et commerciale, en lien avec le développement de **fronts pionniers**. Les espaces ruraux des pays émergents et développés connaissent donc eux aussi de profondes transformations, d'autant plus qu'ils connaissent un exode rural important.

3. LA FRANCE A-T-ELLE VU DISPARAÎTRE LE RURAL ?

LA FRANCE CONNAÎT UNE URBANISATION PLUS LENTE

La France est restée un pays rural durant le XIXe siècle et jusque dans les années 1930 et ce malgré l'industrialisation croissante. C'est en 1931 que la population rurale devient minoritaire dans le pays. À partir des Trente Glorieuses, l'exode rural s'intensifie et les campagnes connaissent une **déprise agricole et rurale**. Ce mouvement se poursuit jusqu'à la fin des années 1990. Depuis le début des années 2000, plusieurs géographes montrent qu'il semble exister en France une **« renaissance rurale »** avec certains espaces ruraux qui voient l'arrivée de nouveaux habitants. Mais ce mouvement est comme à l'échelle mondiale, la question de l'accessibilité est importante pour comprendre les mutations des espaces ruraux.

LES ESPACES RURAUX FRANÇAIS CONNAISSENT DE PROFONDES MUTATIONS

L'État organise les espaces ruraux français en trois catégories de campagnes : les campagnes des villes, du littoral et des vallées urbanisées, les campagnes agricoles et industrielles et enfin les campagnes vieillies à très faible densité. Ces catégories sont principalement économiques (économie productive et économie résidentielle). Les campagnes vieillies se situent principalement dans la diagonale de faible densité ou en moyenne montagne qui sont peu accessibles et subissent la fracture numérique. Elles sont éloignées d'un pôle urbain. Pour autant, ces espaces ruraux connaissent un certain dynamisme porté par les rêves de ruralité de populations urbaines qui cherchent à s'installer à la campagne.

4. LE PLATEAU DE MILLEVACHE, RECONVERTIR L'ESPACE RURAL EN PROTÉGEANT LA RURALITÉ

Le plateau de Millevaches ou « Montagne limousine » se situe au nord-ouest du Massif Central. C'est un grand plateau caractérisé par la présence de plusieurs lacs dont celui de Vassivière qui sont appelés les « perles du Limousin ». Éloigné des principales métropoles régionales que sont Limoges et Clermont-Ferrand et ancienne campagne pauvre, le plateau connaît un nouveau dynamisme depuis le début des années 2000 avec la création en 2004 du Parc Naturel Régional des Millevaches. Le PNR est une étape dans la redynamisation de cet espace rural qui a été un des premiers à accueillir des habitants néoruraux, venus des villes, et qui ont souhaité développer des activités locales. L'écotourisme et le tourisme rural se développent donc et attirent des touristes nationaux qui viennent profiter d'une nature verdoyante et d'un espace caractérisé par le calme. Cependant, ces nouvelles activités ont pu créer des tensions avec les populations qui sont installées depuis plusieurs générations sur le plateau : c'est ce qu'on appelle un conflit d'usages. Anciens et nouveaux habitants ont dû apprendre à habiter et travailler ensemble pour créer une nouvelle ruralité. Celle-ci apparaît comme un défi pour ces espaces ruraux en marge et qui cherchent à redynamiser leur territoire.

CHAPITRE 9

FRONTIÈRE

1. QU'EST-CE QU'UNE FRONTIÈRE ?

La frontière est d'abord une **limite** qui sépare deux entités politiques et deux territoires souverains. Elle n'a de sens que si elle est reconnue par les deux États qui la bordent. Ainsi, en géographie, la frontière est obligatoirement un construit, une limite humaine.

IL N'EXISTE PAS DE FRONTIÈRES « NATURELLES »

Les frontières ne peuvent pas être « naturelles » car cela signifierait que les montagnes, les fleuves ou les mers ont pour fonction première de délimiter la **souveraineté** des États. À l'inverse, les sociétés se sont appuyées sur la présence de barrières physiques pour faciliter la séparation entre deux entités politiques et souveraines ou au contraire, réclamer des territoires au prétexte d'une certaine unité. Les frontières sont de ce fait **mobiles** : elles évoluent selon les ententes, les négociations ou au contraire les conflits entre États voisins. C'est en ce sens que l'on peut rapprocher frontière de sa racine « front » : elle est l'espace de rencontre, de confrontation. Elle ne peut donc être naturelle, elle ne peut être que construite.

DES FRONTIÈRES NOMBREUSES ET AUX FONCTIONS MULTIPLES

Cette définition de la frontière comme limite politique construite et reconnue, est héritée des traités de Westphalie en 1648 qui voit l'affirmation de la négociation pour appliquer des traités entre des États qui sont en conflit. Pour assurer le dialogue, les frontières établies sont cartographiées, prennent l'apparence d'une ligne pour délimiter un territoire d'un seul tenant sans vide. Au XXe siècle, le géopolitologue Michel Foucher préfère parler de dyade pour désigner chaque segment de frontière qui délimite deux États. Depuis les années 1990 et la fin de la Guerre froide, les frontières se sont multipliées avec la dislocation du bloc soviétique et la création de nouveaux États. Ainsi, la première fonction de la frontière semble être la **séparation**. Pour autant, dans un espace mondialisé, les frontières sont aussi des **zones de contact**, le lieu de la rencontre et du passage.

2. LES FRONTIÈRES DANS LA MONDIALISATION

La mondialisation se définit par la libre circulation des marchandises, des informations et des personnes à l'échelle du monde. Si cela semble être rendu possible notamment par la **révolution des transports**, il semble aussi que les frontières soient de plus en plus **poreuses**.

UN PREMIER TEMPS D'OUVERTURE DES FRONTIÈRES

Après la chute de l'URSS et la fin de la Guerre froide qui mettait face à face deux blocs territoriaux en même temps que deux modèles idéologiques, le monde voit l'affirmation du libéralisme économique et plusieurs géopolitologues imaginent un monde sans frontière. Celui-ci repose sur une facilité de circulation des biens et des personnes pour permettre un marché mondial. Concrètement, les tarifs de douane sont plus faibles et les populations peuvent se déplacer librement et plus facilement. En pratique, **les frontières ne sont pas ouvertes pour tout le monde**. En effet, les biens de consommation intégrés dans les flux de la mondialisation circulent facilement. Les populations des pays des Nords et des grandes puissances voyagent facilement de pays en pays. En revanche, les migrations venant des pays en développement sont contrôlées. L'ouverture des frontières est donc à penser à différentes échelles.

LE « RÉVEIL DES FRONTIÈRES » (MICHEL FOUCHER)

Après les attentats du 11 septembre 2001, les États ont cherché à réguler, contrôler et surveiller leurs frontières pour garantir la sécurité de leur territoire et de leur population. Ainsi, certains États ont lancé la construction de **frontières-barrières** ou murs comme en Hongrie ou le projet mené par l'administration Trump à la frontière mexicaine. En utilisant les nouvelles technologies pour surveiller leurs frontières, celles-ci deviennent des ***smart borders*** (des frontières « intelligentes »). Les deux mouvements d'ouverture et de fermeture ne sont pas successifs mais fonctionnent en même temps. Les frontières-barrières sont des lieux de passage et les frontières les plus ouvertes sont très contrôlées. La frontière est un territoire complexe.

3. LES FRONTIÈRES FRANÇAISES

Il est intéressant de s'intéresser aux frontières françaises pour deux raisons. La situation géographique de la France en fait un **isthme** et multiplie les différentes formes de frontières. Son histoire comme territoire **carrefour** entre l'Europe du Nord et l'Europe du Sud fait de la France un État actif dans la construction des frontières.

DES FRONTIÈRES MULTIPLES MAIS STABLES

Les frontières de la France se sont fixées au fur et à mesure de l'histoire militaire et politique de l'État. Il est important de souligner que les frontières terrestres françaises sont d'abord celles de la France continentale et des îles bordières représentant plus de 2 913 km de lignes puis les frontières de la France ultramarine avec les DROM-COM qui représentent 1 263 km de linéaires frontaliers. Il faut aussi comptabiliser les **frontières maritimes** car la France possède une souveraineté en mer importante : les ZEE représentent plus de 10 millions de km^2 de surface et fait du territoire maritime français le deuxième plus grand au monde. Les frontières terrestres sont reconnues par les États voisins de la France tandis que les frontières maritimes sont parfois l'enjeu de tensions.

DES INTERFACES ET ZONES DE CONTACT DANS LE CADRE EUROPÉEN

Dans le cadre de l'Union européenne, les frontières de la France sont aussi les frontières externes de l'UE comme le pays se situe en isthme. Un contrôle des frontières s'est donc intensifié ces dernières années. En revanche, à l'intérieur de l'Union européenne et entre États membres de l'espace Schengen, les **frontières matérielles s'effacent petit à petit** car la libre circulation des biens et des personnes est assurée. Les frontières deviennent des zones de contact, des **interfaces** c'est-à-dire que des dynamiques d'échange s'organisent entre la France et l'État voisin de sa frontière. Des coopérations se mettent en place et les mobilités peuvent être journalières pour les habitants. Les flux se multiplient.

4. LA RÉGION TRANSFRONTALIÈRE : L'EXEMPLE DE LA FRONTIÈRE FRANCO-ESPAGNOLE

Dans le cadre de l'intégration régionale, les frontières sont devenues des espaces de coopération et des territoires habités. Cela favorise l'émergence de zone ou région transfrontalière à l'image de la frontière franco-espagnole. Un espace transfrontalier se caractérise par des échanges structurés, durables favorisés par des traits communs de part et d'autre de la frontière. Cet espace devient territoire transfrontalier lorsqu'une construction politique locale se construit sur ses échanges. Pour la frontière franco-espagnole, cette évolution de la frontière s'est structurée. Ainsi, deux eurorégions ont été reconnues par l'UE : l'eurorégion Aquitaine-Euskadi le long du littoral atlantique et Pyrénées Méditerranée le long du littoral méditerranéen. Ces espaces sont considérés comme « pertinents » et regroupent des bassins de vie et des bassins d'emplois. Leur construction est facilitée par les infrastructures de transport. La ville de Barcelone est ainsi à 2 heures de route de la ville de Perpignan. Le massif des Pyrénées voit une coopération dans la préservation de la montagne avec de chaque côté de la frontière le Parc national des Pyrénées en France et le Parc national Ordesa-Mont Perdu côté espagnol. La frontière est donc dynamique, traversée, habitée et aménagée.

CHAPITRE 10

INTÉGRATION RÉGIONALE

1. UN NOUVEAU MODE DE COOPÉRATION : L'ORGANISATION RÉGIONALE

La mondialisation a rendu les États interdépendants aussi bien dans le domaine économique que dans le domaine politique. En effet, pour permettre le développement des activités, les États développent les infrastructures et agissent à l'échelle régionale et mondiale pour permettre les **coopérations**. Lorsque des intérêts communs apparaissent, notamment pour faire face à la concurrence, certains États se regroupent et forment des **organisations régionales**.

UNE POLITIQUE VOLONTARISTE DE COOPÉRATION

Les organisations régionales sont le résultat de **politiques volontaristes d'association** de la part des États. La volonté de s'intégrer dans une entité dite **supranationale** peut répondre à plusieurs motivations. Des motivations économiques en premier lieu pour créer une zone de libre-échange par la réduction voire la disparition de barrières douanières. Cette politique peut aller jusqu'à l'instauration d'un marché commun. Cette association économique permet de se soutenir face à la concurrence d'autres régions du monde, autour d'intérêts communs. La coopération peut aussi être politique : la question de la sécurité notamment aux frontières ou encore le contrôle des flux.

ENTRE NÉGOCIATIONS ET TENSIONS

La construction régionale est le résultat de longues périodes de négociations. En effet, la mise en commun de certaines fonctions peut déstabiliser les économies nationales. Il s'agit donc pour les décideurs politiques de protéger les intérêts de leur État tout en favorisant la coopération avec les voisins. C'est pour cela que l'intégration suit un **processus fonctionnel** (par grands domaines) : les États commencent souvent par le domaine économique où les coopérations régionales sont les plus abouties avant de réfléchir à une coopération politique où les tensions nationales sont les plus fortes.

2. LES PRINCIPALES ORGANISATIONS RÉGIONALES DANS LE MONDE

Avant de revenir sur les principales organisations régionales, il est important de noter que les organisations mondiales sont aussi des instances importantes (ONU, OMC, OMS...) notamment dans le domaine de la diplomatie politique, économique ou culturelle (cf. Histoire- Nouvel ordre mondial).

Voici les principales organisations régionales à connaître :

- L'**Union européenne** mise en place avec le Traité de Maastricht en 1992 et qui est le résultat de 50 années de construction régionale ;
- **ACEUM** ou Accords Canada États-Unis Mexique qui vient remplacer l'ALENA depuis 2020. La présidence Trump de 2016 à 2020 désirait revenir sur les accords de libre-échange. La disparition de l'expression « Amérique du Nord » dans le nom de l'organisation et le choix de nommer les États montrent que ces accords sont tripartites et que l'association est limitée à présent ;
- **MERCOSUR** ou Marché Commun du Sud construit autour du Brésil, de l'Argentine, de l'Uruguay et du Paraguay et du Venezuela (suspendu depuis 2016) en 1991 est la principale organisation régionale d'Amérique du Sud. Plusieurs États ont le statut de membre associé comme le Chili ou la Colombie ;
- **UA** ou Union Africaine est créée en 2002 et regroupe aujourd'hui 55 États africains. Ses objectifs ne sont pas éco-

nomiques mais visent le développement humain de l'Afrique : respect des droits humains, accès à la santé et à l'éducation, espace de négociations pour régler les tensions politiques, aide à l'investissement... ;

- **ASEAN** ou Association des nations de l'Asie du Sud-Est, une des plus anciennes organisations régionales construites en 1967 par cinq pays fondateurs Thaïlande, Indonésie, Malaisie, Philippines et Singapour. Aujourd'hui, les 10 pays d'Asie du Sud-Est en sont membres et le dernier et onzième État, le Timor oriental, candidate. C'est une organisation exclusivement économique qui ne vise pas l'intégration politique des États membres.

3. L'UNION EUROPÉENNE : UN MODÈLE D'INTÉGRATION RÉGIONALE ?

L'Union européenne apparaît comme une des intégrations régionales les plus abouties. Elle a suivi le même processus d'intégration fonctionnelle : création d'une zone de libre-échange économique jusqu'à l'instauration d'un **marché commun** avec une monnaie unique, l'Euro, puis mise en place d'un processus d'intégration politique. Cependant, la création « d'États-Unis d'Europe » est encore loin : si l'UE compte 27 membres, le départ du Royaume-Uni montre les tensions qui existent au sein de l'organisation régionale. Celles-ci sont multiples :

- Les **déséquilibres territoriaux** sont importants du fait des inégalités de développement. L'UE met en place des politiques d'aménagement pour les réduire ;
- Des **désaccords politiques** importants entre les États membres : la question des libertés et des droits individuels et collectifs cristallisent les tensions entre les membres fondateurs et des États où les gouvernements reviennent sur certains acquis (en Pologne avec la restriction d'accès à l'IVG pour les femmes ou en Hongrie).

L'UE possède des **institutions supranationales** mais le poids des États-nations est encore très important. Les décisions sont prises par les gouvernements. Si le modèle de démocratie déléguée est mis en valeur, l'UE connaît des fragilités.

4. BREXIT : ÉCHEC OU ÉVOLUTION DU MODÈLE EUROPÉEN ?

Le Royaume-Uni n'est pas un membre fondateur de la construction européenne. Le pays entre dans la CEE (Communauté Économique Européenne) en 1973. En 1992, les Britanniques refusent l'adoption de l'Euro comme monnaie unique et ne signent pas les accords de Schengen pour la libre circulation des personnes. Les relations entre le Royaume-Uni et les autres membres de l'UE sont sources de tensions mais les accords commerciaux sont signés et appliqués. En 2016, un référendum est organisé au Royaume-Uni pour savoir si l'État doit rester membre de l'UE. Le « *Yes* » l'emporte : c'est le début du Brexit. Entre 2016 jusqu'à la fin de l'année 2020, le Brexit cristallise les tensions aussi bien dans la vie politique britannique qu'en Europe. Le Royaume-Uni active l'article 50 du Traité de Lisbonne permettant la sortie en deux ans. Celle-ci est officielle depuis le 31 janvier 2020. Pour autant l'année 2020 est marquée par les difficiles négociations pour trouver des accords commerciaux entre l'UE et le Royaume-Uni. L'UE est fragilisée mais se recentre sur le continent, affirmant ses principes et ses valeurs.

CHAPITRE 11

MARITIMISATION ET LITTORALISATION

1. LA MER : UN ATOUT POUR LES ÉTATS

Les mers et les océans recouvrent plus de 70 % de la surface de la Terre. Ils sont aujourd'hui des espaces convoités car ils possèdent des ressources mais sont aussi des connexions entre les territoires.

MER ET OCÉAN : QUELLE DIFFÉRENCE ?

La mer est un terme générique tout d'abord qui désigne l'ensemble des étendues d'eau salée (mers et océans). Dans un second temps, elle désigne aussi une **fraction de l'océan**. La mer présente une unité et un lien avec le continent. Les mers sont ainsi souvent bordières. D'autres sont des mers continentales car elles communiquent avec l'océan par le biais d'une autre mer. Trois océans majeurs sont sillonnés par les groupes humains : l'Océan Atlantique, l'Océan Indien et l'Océan Pacifique. Il ne faut pas oublier les océans glaciaux en Arctique et en Antarctique.

L'ÉVOLUTION DU RÔLE DES MERS ET DES OCÉANS

Les mers et les océans sont aujourd'hui des vecteurs de la mondialisation. La **maritimisation** qui désigne le processus d'intensification des échanges par la mer fait que 90 % du commerce mondial s'effectue par voie maritime. Ainsi, les mers et les océans ne sont pas des territoires hostiles et vierges pour les humains. Au contraire, ils sont pratiqués, organisés et aménagés. Les mers et océans aujourd'hui sont donc traversés par des **routes maritimes** très fréquentées par des bateaux toujours plus imposants comme les porte-conteneurs. On peut ainsi prendre l'exemple de la principale route maritime qui relie l'Europe à l'Asie. Elle quitte les ports de la Northern Range, longe le littoral français avant d'entrer en Mer Méditerranée par le Détroit de Gibraltar puis rejoint l'Océan Indien en passant le Canal de Suez avant de rejoindre le Pacifique par le Détroit de Malacca. En plus, des routes, les **points de passage** sont essentiels pour le commerce. Cette maritimisation développe la **littoralisation** des territoires.

2. LA LITTORALISATION DES POPULATIONS ET DES ACTIVITÉS DANS LA MONDIALISATION

La littoralisation désigne le processus qui voit la concentration des populations et des activités sur ou à proximité des littoraux. Sur une carte, on remarque immédiatement que les grandes villes, les zones d'activités se situent sur le littoral.

L'ATTRACTIVITÉ DES LITTORAUX

Les littoraux connaissent une forte attractivité qui s'explique par la **mondialisation des échanges**. Comme les flux de marchandises empruntent principalement les routes maritimes, en conséquence ce sont les côtes qui sont de plus en plus occupées par les groupes humains et leurs activités. L'organisation du territoire chinois en est un exemple : la densité de population sont les plus fortes sur le littoral de Beijing à Guangzhou. De même, le PIB/habitant sur le littoral chinois est de 72 500 yuans tandis que dans les territoires de l'ouest périphérique, il est de 41 400 yuans. Enfin, le littoral est aussi le lieu d'installation des principaux espaces productifs et est desservi par les réseaux de transports.

DES LITTORAUX AMÉNAGÉS

Pour accueillir, population et activités, les littoraux sont au cœur des politiques d'aménagement des États. Les littoraux doivent être reliés à leur arrière-pays ou **hinterland** afin de recevoir et distribuer les marchandises reçues. De même, pour décharger les porte-conteneurs, les ports se transforment **ZIP, en zone**

industrialo-portuaire. Les villes littorales sont aménagées afin de pouvoir accueillir de forte densité de population. C'est le cas pour la cité-État de Singapour, dont la ZIP est fortement attractive du fait de la proximité du Détroit de Malacca. Mais la ville aménage aussi avec des jetées, Marina Bay et de nombreux espaces verts. Cela permet la constitution de **façade maritime**. Pour autant, les littoraux sont des espaces fragiles qu'il faut ménager : les pollutions urbaines et industrielles les détériorent quand l'activité touristique exploite intensément les ressources et aménités du territoire.

3. LE LITTORAL FRANÇAIS : ENTRE AMÉNAGEMENT ET PROTECTION

La France, de par sa situation **d'isthme**, possède un trait de côte important et donc de nombreux littoraux. En effet, au nord le littoral de la Manche qui ouvre sur la façade maritime de la **Northern Range** ; à l'ouest, le littoral atlantique et au sud, le littoral méditerranéen. Il ne faut pas oublier les littoraux des DROM qui sont majoritairement, à l'exception de la Guyane, des **territoires insulaires**.

DES LITTORAUX ATTRACTIFS

Comme à l'échelle mondiale, la France connaît des dynamiques de littoralisation des populations et des activités. Les villes littorales connaissent une croissance urbaine positive comme Bordeaux, Nantes ou encore Montpellier. Les activités, notamment dans les nouvelles technologies s'y installent à l'image du pôle de compétitivité Aerospace Valley entre Bordeaux et Toulouse. Les littoraux français reçoivent aussi l'activité touristique que ce soit en France métropolitaine ou ultramarine. En effet, les littoraux des îles françaises sont fortement aménagés comme à l'Île de la Réunion.

DES LITTORAUX AU CŒUR DES POLITIQUES D'AMÉNAGEMENT

Les littoraux français sont bien **intégrés** dans le territoire : les réseaux de transport relient les principales villes littorales à Paris et les littoraux sont intégrés dans les politiques d'aménagement. Depuis 1986, l'État s'est doté de la **loi « Littoral »** qui définit d'abord le territoire littoral comme une « entité géographique » mais aux limites floues. Elle se concentre sur l'aménagement autour des « communes littorales » qui vise à la fois le développement local mais aussi la protection d'un milieu fragile et fragilisé. Parfois des conflits apparaissent comme lors de la tempête Xynthia en 2010 qui a ravagé le littoral charentais et vendéen.

4. LE HAVRE : PREMIER PORT DE LA NORTHERN RANGE

Il est important de retenir l'aménagement des ZIP sur les façades maritimes car elles témoignent de la maritimisation des échanges et de la littoralisation des activités. La France, par le port du Havre, est la porte d'entrée de la principale façade maritime mondiale qu'est la Northern Range. Le Havre se situe à l'embouchure de la Seine. La ville a été reconstruite au lendemain de la Seconde Guerre mondiale après avoir été en grande partie détruite par les bombardements. Son centre-ville est classé au patrimoine de l'Unesco et est l'œuvre de l'architecte Auguste Perret. La ville possède aussi un port qui est une des principales ZIP du territoire. Havre-Port 2000 est un aménagement portuaire soutenu par l'État et les collectivités territoriales et qui s'est développé avec l'aide de l'UE. Le port possède 12 postes à quai capables de recevoir les gros porte-conteneurs. L'emploi industriel représente plus de 22 % de la population active du Havre tandis que les emplois des services sont à 70 % en lien avec les activités maritimes et portuaires. Mais le Havre reste un port secondaire à côté des grands ports de la façade maritime que sont Rotterdam ou Hambourg.

CHAPITRE 12

MONDIALISATION

1. QU'EST-CE QUE LA MONDIALISATION ?

La mondialisation est la notion transversale du programme de Terminale générale et technologique. C'est un **processus** à la fois historique et géographique comme le souligne le géographe Olivier Dollfus. Il désigne en 1997 par mondialisation le processus qui voit « l'échange généralisé [s'instaurer] entre les différentes parties de la planète, l'espace mondial étant alors l'espace de transaction de l'humanité ». Il met ainsi en évidence des **facteurs** essentiels à la mondialisation : intensification des échanges qui multiplient les flux et qui font du monde, un espace accessible à l'ensemble des groupes humains.

UNE OU DES MONDIALISATIONS ?

La mondialisation actuelle est présentée comme la quatrième. En effet, le terme de mondialisation apparaît en histoire à partir du moment où les territoires connus des groupes humains entre en communication et échangent. Ainsi, la route des épices et de la soie ouvre à l'époque médiévale une première mondialisation qui relie Asie, Europe et Afrique. La découverte des Amériques à la fin du XVe siècle ouvre une deuxième mondialisation autour de l'Océan Atlantique. Au XIXe siècle, la construction de grands empires coloniaux amenant à des systèmes-monde ouvre la phase de la troisième mondialisation. La deuxième moitié du XXe siècle avec l'accélération des échanges entre les territoires du monde est le temps de la quatrième mondialisation. À chaque fois, les **échanges sont au cœur du processus et s'effectuent à l'échelle des territoires connus et appropriés par les groupes humains**.

UNE MONDIALISATION DANS TOUS LES DOMAINES

La mondialisation est souvent étudiée d'un point de vue économique. Il faut pourtant aujourd'hui étendre le processus à l'ensemble des activités humaines. Ainsi, il existe une forme de **mondialisation politique** avec les grandes organisations mondiales comme l'ONU, l'OMC, le FMI ou l'OMS. Ce sont à la fois des instances de débats mais aussi de négociations qui permettent les échanges. Il existe une **mondialisation culturelle** avec des modèles qui se diffusent dans le monde : Hollywood a été précurseur de cette diffusion culturelle mais aujourd'hui les réseaux sociaux sont les vecteurs de cette mondialisation. Ils diffusent rapidement des informations, des modes, de nouvelles normes sociales et comportementales. La question s'est ainsi posée de savoir si la mondialisation n'amène pas une forme d'uniformisation culturelle. En effet, les pizzas ou les sushis sont des plats mangés partout dans le monde. Pour autant, on note qu'ils connaissent des adaptations pour plaire aux populations. **La mondialisation est globale mais elle se pratique localement.**

2. L'ORGANISATION DES TERRITOIRES DANS LA MONDIALISATION

La mondialisation conduit à une **hiérarchie des territoires** selon des centres et des périphéries (cf. centre-périphérie). Cette hiérarchie répond à des critères d'intégration dans les instances et les flux de la mondialisation.

UNE INÉGALE INTÉGRATION DANS LA MONDIALISATION

Il existe **trois centres majeurs** de la mondialisation : l'Amérique du Nord, l'Union européenne et l'Asie de l'Est. Il est obsolète aujourd'hui de parler de Triade, expression des années 1990 et qui désignait l'Europe, le Japon et les États-Unis comme centres de la mondialisation. Les intégrations régionales invitent à distinguer à présent des centres d'impulsion majeurs. Des **périphéries dites intégrées** sont le deuxième groupe de territoire :

elles regroupent les pays émergents (BRICSAM cf. centre-périphérie) et intermédiaires de la mondialisation économique mais aussi les territoires dynamiques comme les frontières-interface (frontière étasuno-mexicaine). Ces périphéries fournissent souvent des matières premières ou des biens de productions tandis que les centres y investissent en capitaux et biens à haute valeur ajoutée. Enfin, certains territoires sont dits **en marge** de la mondialisation car ne participant pas aux flux. Mais cette position est à interroger.

EXISTE-T-IL ENCORE DES TERRITOIRES EN MARGE DE LA MONDIALISATION ?

La marginalité est un concept en géographie physique et en géographie sociale. Il s'agit d'abord de désigner **des espaces en dehors des circuits, des normes ici de la mondialisation**. La marginalité c'est aussi désigner **les populations qui ne reçoivent pas les effets de la mondialisation**. Certains territoires semblent être exclus des flux de la mondialisation comme les États d'Asie centrale ou certains États africains. Pour autant, il faut nuancer. Ces États fournissent souvent des matières premières essentielles comme des minerais précieux ou encore le coton. Mais cela conduit souvent à une **économie de rente**. De même, les populations de ces territoires, de plus en plus urbanisées, connaissent et pratiquent les mêmes réseaux sociaux, regardent le cinéma hollywoodien et s'informent de plus en plus. Ainsi, la marginalité est à lire à l'échelle de ces États selon les infrastructures des territoires et paraît moins pertinente à l'échelle mondiale.

3. LA FRANCE DANS LA MONDIALISATION

La France est un État intégré dans la mondialisation. Membre du conseil de sécurité de l'ONU, puissance économique moyenne mais à forte influence diplomatique, la France appartient aux centres d'impulsion de la mondialisation.

UNE PUISSANCE MOYENNE DE RANG MONDIAL

La France est la **7e puissance économique mondiale**. Elle est présente dans les flux de la mondialisation par son réseau de grandes entreprises internationales comme Total ou Carrefour. Elle est une place financière et le quartier de la Défense regroupe de nombreuses entreprises. Elle est la première destination touristique ce qui génère des retombées économiques multiples. La France garde surtout une influence par sa puissance politique, diplomatique et militaire. Elle possède le troisième réseau diplomatique mondial avec ses ambassades et ses consulats. La langue française est présente dans le monde à travers le réseau de la francophonie et les alliances françaises. Ainsi sa **diplomatie est active**. Plus que sa puissance réelle, c'est son rayonnement qui en fait un État intégré dans la mondialisation.

LES EFFETS DE LA MONDIALISATION SUR LES TERRITOIRES FRANÇAIS

La France conserve des ambitions de puissance mondiale. C'est pour cela que les politiques d'aménagement défendent la **compétitivité et l'attractivité des territoires**. Les **pôles de compétitivité visent la concurrence internationale** ainsi l'innovation est au cœur des projets territoriaux. Seule Paris est une ville mondiale, ainsi la France cherche à développer ses autres territoires pour maintenir sa place de puissance mondiale. Celle-ci repose aussi sur une **accessibilité performante**. Les aéroports sont les portes d'entrée sur le territoire et leur développement est important pour l'État. Ils deviennent des **hubs**, c'est-à-dire des nœuds de communication essentiels pour le développement économique.

4. ROISSY-CHARLES DE GAULLE : SYMBOLE DE L'INTÉGRATION FRANÇAISE À LA MONDIALISATION

L'aéroport de Roissy-Charles de Gaulle est au cœur des politiques d'aménagement qui montrent l'influence de la mondialisation sur l'organisation du territoire français. Principale porte aérienne de l'Europe aujourd'hui avec London Heathrow, Roissy a été inauguré en 1974 pour faire face à la saturation d'Orly et est géré par ADP (Aéroports de Paris). À présent l'aéroport est le leader européen du fret avec l'installation de Fedex et le deuxième en termes de passagers. Il s'est développé sur le modèle du hub : depuis Roissy-Charles de Gaulle un voyageur peut prendre le TGV, choisir les axes routiers et ainsi relier aussi bien l'Europe du Nord que celle du Sud ou encore aller au cœur du continent. Cela signifie qu'à partir d'un seul lieu, les autres destinations sont toutes accessibles. C'est pour cela que la compagnie Air France a fait de Roissy son principal aéroport. Il s'agit donc d'un lieu de correspondances. C'est aussi un espace productif avec des services à la personne comme les zones de vente, des hôtels, des espaces de congrès… Roissy permet au territoire français d'être accessible mais aussi de s'intégrer dans les réseaux de la mondialisation.

CHAPITRE 13

PUISSANCE

1. QU'APPELLE-T-ON LA PUISSANCE AUJOURD'HUI ?

Une puissance est selon le géographe Gérard Dorel « un État qui dans le monde se **distingue** non seulement par son poids territorial, démographique et économique mais aussi par les moyens dont il dispose pour s'assurer d'une influence durable sur toute la planète en termes économiques, culturels et diplomatiques ». Cela signifie qu'un État pour être caractérisé comme puissance possède un certain nombre d'**attributs** mais doit aussi être reconnu comme tel.

LES ATTRIBUTS DE LA PUISSANCE

Le territoire est un attribut de la puissance car il fournit des ressources à exploiter. Son aménagement permet sa **mise en valeur** et son accessibilité. Sa démographie est tout aussi importante : si le nombre d'habitants est important, c'est le **dynamisme démographique** qui est un signe de puissance. Soldes naturel et migratoire positifs sont les signes du développement humain et de l'**attractivité**. De même, une population éduquée et diplômée est essentielle. Ces attributs sont les bases du poids économique de la puissance, intégrée dans la mondialisation et qui possède les capacités d'investissement et d'innovation. La **présence accrue** dans les domaines diplomatiques et culturels vient compléter ces caractéristiques.

LES DIFFÉRENTES FORMES DE LA PUISSANCE

Il existe plusieurs formes de la puissance qui ont été théorisées au début des années 1990 par le politologue américain Joseph Nye. Il distingue tout d'abord le ***Hard power*** qui regroupe les domaines de puissance directe : l'économie et le militaire. Puis le ***Soft power*** qui désigne la capacité d'influence et d'adhésion : la culture, la diplomatie, la diffusion de la langue... En 2008, la secrétaire d'État américaine Hillary Clinton défend le concept de ***Smart power*** : il s'agit de la combinaison du hard et du soft power dans des stratégies qui associent une armée forte mais la multiplication des échanges, des partenariats et des coopérations pour légitimer la puissance. Lorsqu'un État parvient à combiner l'ensemble de ces formes de puissance, il est considéré comme une **superpuissance**.

2. LES PUISSANCES DANS LE MONDE

La fin de la Guerre froide a bouleversé les rapports de puissance : le monde dominé par deux superpuissances qu'étaient les États-Unis et l'URSS, voit à présent la multiplication de pôles de puissance. Le monde bipolaire devient multipolaire.

UNE HIÉRARCHIE DE PUISSANCE

Si plusieurs pôles de puissance émergent, ils n'ont pas tous les mêmes capacités d'influence. Les grandes puissances se concentrent dans les Nords, c'est-à-dire les pays développés post-industriels. Les États-Unis demeurent aujourd'hui la **première puissance mondiale** avec un *Hard power* et un *Soft power* très performants. Si la Chine est en concurrence notamment en tant que première puissance économique mondiale, son *Soft power* est faible à l'échelle mondiale. **Les puissances sont donc en concurrence entre elles mais sont aussi concurrencées.** Le développement économique permet d'être le fondement des ambitions de puissance. De nombreux États dans le monde cherchent à développer leurs capacités en ce sens.

DES AMBITIONS À TOUTES LES ÉCHELLES

Les ambitions de puissance se retrouvent dans les discours de nombreux décideurs politiques. Mais la **puissance se construit**

par étapes. Il s'agit d'abord d'assurer une bonne **maîtrise de son territoire** puis de développer à **plusieurs échelles** les attributs de la puissance. Par exemple, la Chine cherche à développer son rôle de puissance régionale en Asie pour appuyer sa stratégie à l'échelle mondiale. Le projet des « nouvelles routes de la soie » est inscrit dans cette ambition de dominer le territoire eurasien à travers les réseaux de transport. Les organisations régionales sont en ce sens des relais et/ou des soutiens de la puissance de leurs États membres d'où leur importance croissante. Les pays émergents et intermédiaires cherchent à développer leur influence à travers elles comme pour le Brésil et le MERCOSUR ou l'ASEAN et les pays d'Asie du Sud-Est.

3. LA PUISSANCE FRANÇAISE AUJOURD'HUI

La France est une **puissance moyenne mais au rayonnement mondial** important (cf. mondialisation). Il est important de connaître les attributs de la puissance française aujourd'hui.

UNE PUISSANCE MULTIFORME

La France possède un *Hard* et un *Soft power* développés. Elle déploie son armée aussi bien dans le cadre des Casques bleus de l'ONU qu'en son nom dans de nombreux terrains de conflits (en Afrique subsaharienne comme au Mali par exemple). Sa puissance militaire repose sur ses **capacités nucléaires** mais aussi le développement d'une **armée professionnelle** et qui investit dans l'**innovation**. Son *Soft power* est performant : la langue française est reconnue comme 5e langue mondiale avec plus de 300 millions de personnes capables de s'exprimer en français. Son patrimoine historique et culturel est important et participe de son image de puissance. Sa présence diplomatique est aussi influente et repose sur un réseau dense et une **forte expertise** des relations internationales.

LA DÉFENSE DU MULTILATÉRALISME

La position diplomatique de la France est de défendre le multilatéralisme. En relations internationales, il s'agit d'un concept qui vise à promouvoir la concertation et la coopération pour régler les tensions et les conflits qui apparaissent entre États. L'ONU est le garant de ce multilatéralisme. La France s'est posée en défenseur de cette stratégie à partir de 2003 lors de son opposition à la Guerre d'Irak menée par les États-Unis. Son siège permanent au conseil de sécurité de l'ONU ainsi que son vaste réseau de diplomates en font une puissance entendue et écoutée. N'ayant pas les mêmes forces que les très grandes puissances, le multilatéralisme permet à la France d'avoir des alliés dans de nombreuses régions du monde.

4. L'ART DE VIVRE À LA FRANÇAISE : UN *SOFT POWER* IMPORTANT

La France est souvent représentée dans le monde par des images d'Epinal : la baguette, le béret, la Tour Eiffel, la mode... Tout cela représente un art de vivre à la française que les autorités n'hésitent pas à mettre en valeur pour défendre l'image de la France. Ces représentations peuplent les imaginaires comme le montre le succès de la dernière série Netflix, *Emily in Paris*. Cet art de vivre et sa défense participent du *soft power* français. Ainsi, la France a inscrit sa gastronomie au patrimoine culturel immatériel de l'Unesco. En effet, les chef(fe)s cuisiniers français sont reconnus mondialement et connaissent des succès économiques. Par exemple, la boulangerie Paul et ses franchises sont présentes sur tous les continents. Ce *soft power* permet de développer l'attractivité du territoire français et de continuer à mettre en valeur la destination touristique. On peut ainsi prendre cet exemple pour illustrer le rayonnement de la France dans le monde.

CHAPITRE 14

RECOMPOSITION

1. LA RECOMPOSITION : UNE NOTION GÉOGRAPHIQUE DIFFICILE MAIS ESSENTIELLE POUR COMPRENDRE L'ORGANISATION DES SOCIÉTÉS

La notion de recomposition est transversale à tout le programme de géographie de la classe de Première générale et technologique. La recomposition désigne en géographie le **réagencement dans la durée d'un espace** du fait de transformations apportées par des facteurs multiples. La recomposition concerne donc les territoires mais aussi les activités.

LES RECOMPOSITIONS TERRITORIALES

Les territoires ne sont pas des espaces immobiles aux limites fixes. Au contraire, selon les actions et les décisions prises par les habitants et les acteurs de l'aménagement, les territoires évoluent et se transforment pour répondre aux défis et enjeux apportés par la mondialisation. Ces **dynamiques de changement** se nomment recompositions territoriales. Elles se font à toutes les échelles : la mondialisation recompose les territoires mondiaux mais aussi les territoires nationaux et les territoires locaux.

DES RECOMPOSITIONS QUI SONT LE JEU D'ACTEURS MULTIPLES

Les recompositions ne sont pas des bouleversements vides mais sont **toujours le résultat d'acteurs qu'il est nécessaire d'identifier**. Ces acteurs sont les habitants d'un territoire, les collectivités publiques, les entreprises privées. Il faut aussi prendre en compte les acteurs publics nationaux notamment dans les États centralisés. Les recompositions sont donc à étudier associées au jeu d'acteurs engagés dans l'appropriation et l'organisation de leur territoire de vie et d'activité.

2. LA MONDIALISATION TRANSFORME LES TERRITOIRES ET LES SOCIÉTÉS

Un des facteurs majeurs de la recomposition actuelle des territoires est la mondialisation. En effet, la mondialisation bouleverse le peuplement, l'exploitation des ressources, les activités et les habitudes des groupes humains.

DES TERRITOIRES RÉORGANISÉS

La mondialisation conduit à une recomposition des territoires. Ce sont d'abord les villes qui bénéficient de ces recompositions car elles concentrent populations et activités. La **métropolisation des territoires** conduit aussi à concentrer dans les villes les fonctions de commandement. Cette organisation du territoire autour des villes a un impact sur les autres espaces. Les espaces ruraux en particulier connaissent aussi de fortes recompositions. Les activités aussi connaissent de fortes recompositions : le tertiaire métropolitain domine les activités. Pour autant **les systèmes productifs agricoles et industriels se transforment aussi pour rester compétitifs**.

DES SOCIÉTÉS TRANSFORMÉES

Les sociétés aussi se recomposent. Les populations urbaines deviennent majoritaires puisqu'à l'échelle du monde plus de 54 % de la population mondiale est urbaine. Cela engendre des transformations dans le quotidien auxquelles les territoires doivent être en capacité de répondre. **Les fortes mobilités** à toutes les échelles ainsi que la réduction de la distance-temps et distance-coût ont bouleversé les habitudes des populations. Il est important de prendre cela en compte pour comprendre les décisions d'aménagement qui sont prises par les différents acteurs, au-delà du simple facteur de la mondialisation.

3. LA RECOMPOSITION DU TERRITOIRE FRANÇAIS

La France connait de profondes recompositions dont les facteurs sont multiples. Il est important de connaître **les dynamiques** qui poussent à la réorganisation du territoire.

LES FACTEURS DE LA RECOMPOSITION

Plusieurs facteurs expliquent la recomposition du territoire français :

- L'urbanisation importante depuis la deuxième moitié du XXe siècle ;
- La tertiarisation de l'économie qui voit exploser le secteur des services ;
- L'accès à une société des loisirs et au récréatif ;
- L'intégration dans les flux de la mondialisation qui demande d'intégrer les objectifs de compétitivité et d'attractivité.

LES EFFETS DE LA RECOMPOSITION

Ces différents facteurs poussent les acteurs de l'aménagement à agir sur leur territoire. Ainsi, en France, tout comme à l'échelle mondiale, le territoire connaît un fort processus de métropolisation à toutes les échelles. Cela amène à **repenser les liens entre espace urbain et espaces ruraux**. Ceux-ci deviennent multifonctionnels pour répondre aux besoins de populations urbaines ou sous l'influence d'une ville. Les objectifs de compétitivité sont au cœur des politiques de développement économique national et local. À présent, les activités sont pensées dans le cadre de système productif et non isolé sur le territoire.

4. LA DÉSINDUSTRIALISATION : UN FACTEUR DE RECOMPOSITION DU TERRITOIRE FRANÇAIS

Au milieu des années 1970, la France est touchée par la crise économique mondiale. C'est le secteur industriel qui est le plus touché. Au début des années 1980, le processus de désindustrialisation s'amorce en France : les activités de production sont délocalisées à l'étranger dans le cadre de la mondialisation et de la division internationale du travail. Le nord et l'est du territoire français qui regroupaient les grands secteurs industriels (charbon, métallurgie, automobile) connaissent une **déprise** c'est-à-dire un recul des activités qui jusque-là permettaient le développement de ces régions. La fermeture des mines et des hauts-fourneaux signifie aussi l'arrivée du chômage tandis que les activités se concentrent de plus en plus dans les grandes villes avec la tertiarisation de l'économie. Il s'agit alors à partir des années 2000 d'aménager ces territoires qui ont vu se multiplier les friches en leur trouvant de nouvelles fonctions. Ainsi, plusieurs friches industrielles sont réhabilitées ou intègrent des projets de rénovation urbaine. Ces régions profitent aussi de la déconcentration comme l'arrivée à Lens du Louvre ou le Centre Pompidou à Metz. L'État et les collectivités territoriales cherchent aussi à s'appuyer sur la proximité de la frontière. Si ces territoires connaissent des difficultés, ils sont pour autant proches de la mégalopole européenne et cherchent ainsi une nouvelle attractivité.

CHAPITRE 15

RÉSEAUX

1. LES RÉSEAUX, UNE ORGANISATION ESSENTIELLE DANS LA MONDIALISATION

La mondialisation a mis en contact des territoires et des populations. Les liens, les échanges qui se construisent et se tissent, forment des réseaux qui sont les **supports des flux**.

LES DIFFÉRENTES FORMES DE RÉSEAUX

Il existe des réseaux matériels et des réseaux immatériels. Dans les deux cas, ils permettent les flux et les échanges. **Les réseaux matériels** structurent souvent les territoires : c'est le réseau urbain pour désigner l'organisation hiérarchisée mais complémentaire des villes entre elles sur un territoire ou encore le réseau de transport pour décrire les lignes routières, ferroviaires ou aériennes. **Les réseaux immatériels** sont ceux qui permettent le support des flux d'information, de services, d'échanges à proprement parler. On peut prendre comme exemple le réseau internet qui permet le transport des données.

LES RÉSEAUX PERMETTENT LA CONNECTIVITÉ

La connectivité permet dans un réseau de savoir si les pôles qui forment ce réseau peuvent se **mettre en relation**. Quand cela est possible, une **connexion** se met alors en place entre ces différents pôles ou acteurs. Pour cela, un réseau s'appuie sur des nfrastructures. Par exemple, dans un réseau urbain, la connecité est forte si la ville est desservie par de nombreuses routes moyens de transport. La connexion se fait quand une ligne TGV est par exemple ouverte et que la ville devient un arrêt on chemin. Elle est alors mise en relation avec d'autres territoires avec lesquels elle peut échanger. Cela participe de son attractivité.

2. LES RÉSEAUX D'ACTEURS DE LA MONDIALISATION

Dans le cadre de la mondialisation, ce sont les réseaux d'acteurs qui sont au cœur des échanges et des flux. L'arrivée des nouvelles technologies facilite la mise en relation.

LE NUMÉRIQUE : UN SECTEUR QUI FAVORISE LA MISE EN RÉSEAU

Internet a bouleversé la connexion entre les territoires et les populations. Invention militaire, outil étudiant, ce qu'il est important de souligner, c'est la rapidité de sa diffusion dans tous les territoires. **Internet est un outil qui a permis le développement du secteur du numérique.** Ce secteur repose sur la capacité à envoyer et recevoir des informations, à échanger et à communiquer. Cela a conduit à l'intensification des flux immatériels. Mais la conséquence la plus importante est la mise en réseau d'acteurs du monde entier. Avec le numérique, la distance semble être abolie. Pour autant, le réseau numérique demande lui aussi des infrastructures (câbles, antennes, lignes). Les territoires qui n'ont pas accès à ses infrastructures subissent la **fracture numérique**.

LES ACTEURS DES RÉSEAUX DE LA MONDIALISATION

Qui sont les acteurs des réseaux de la mondialisation ? Il e
important de souligner ici l'importance des grandes en
prises : les **firmes transnationales (FTN)**. Elles sont les ac
majeures de la mondialisation. Ce sont des entreprises pr
dans plusieurs pays. L'adjectif transnational est impor
signifie que ces entreprises, au-delà de leur présenc
ont la capacité de traverser les frontières, de s'é
États pour créer des relations, des liens et instau
On peut prendre comme exemple de FTN le c

taire Nestlé. L'entreprise possède un grand nombre de marques et de produits (Perrier, Lindt, par exemples). Ses unités de production sont présentes en Europe mais aussi dans le monde afin de limiter les transports entre production et marché de consommation. L'entreprise s'appuie sur un réseau de filiales qui lui permet d'être présente sur les principaux marchés mondiaux.

3. LE RÉSEAU DE TRANSPORTS EN FRANCE

La France possède un réseau de transport développé et performant. Il est tout d'abord diversifié. Il y a les axes routiers et autoroutiers qui permettent de relier les métropoles et villes entre elles. Le réseau ferroviaire est lui aussi développé et le maillage est dense. Enfin, le réseau aérien se développe de plus en plus. Si les deux grands aéroports Roissy et Orly se situent à Paris, les métropoles régionales possèdent des aéroports qui permettent le lien avec Paris mais qui visent aussi les connexions avec l'espace européen voire mondial. Ce réseau s'intègre aussi dans le réseau de transport européen (RTE) ce qui permet d'ouvrir la France à un territoire plus grand. La population française est ainsi de plus en plus mobile et le territoire est de plus en plus accessible. Les réseaux de transport s'entretiennent : acteurs publics et privés sont engagés dans les aménagements. La question de la durabilité est aussi intégrée dans les aménagements des réseaux de transport : mobilités douces, transports peu polluants sont autant d'enjeux pour les réseaux de demain.

CHAPITRE 16

SYSTÈMES PRODUCTIFS

1. COMMENT DÉFINIR UN SYSTÈME PRODUCTIF ?

Les systèmes productifs sont au cœur du programme de Première. **La mondialisation a profondément transformé les secteurs de l'économie.** L'organisation en secteur primaire, secondaire et tertiaire est aujourd'hui quelque peu dépassée et les géographes ont mis en évidence que les secteurs s'entrecroisent dans l'activité de production. C'est ainsi que le concept de système productif s'est imposé.

ESPACE PRODUCTIF ET SYSTÈME PRODUCTIF : QUELLE DIFFÉRENCE ?

Les activités de production s'installent sur un espace. Elles le choisissent en lien avec ce que cet espace offre en aménités (potentialités) pour permettre le développement de l'activité. Ces aménités peuvent être environnementales : le relief, les ressources, le climat... Mais elles sont aussi sociales : un bassin d'emplois, des qualifications, un savoir-faire... **Sur un espace, plusieurs activités peuvent s'installer et former un espace productif. Lorsque ces activités interagissent, coopèrent ou s'associent, elles forment un système productif.** Ainsi, un espace productif est situé. Il n'y a qu'une seule Silicon Valley. Un système productif peut être reproduit : l'organisation productive de la Silicon Valley reposant sur le secteur des nouvelles technologies est un modèle pour le pôle de compétitivité de Paris-Saclay. Le système productif désigne donc l'ensemble des facteurs et des acteurs qui permettent la production, la circulation et la consommation de richesses (Laurent Carroué).

2. L'ORGANISATION DES ESPACES PRODUCTIFS DANS LE MONDE

La mondialisation a recomposé l'espace productif mondial. Cette recomposition des espaces productifs est principalement due à la division internationale du travail (DIT).

DES ESPACES PRODUCTIFS PRIVILÉGIÉS

Dans cette organisation des activités de production, certains espaces semblent privilégiés. Avec la **maritimisation des échanges**, ce sont les **ports** qui sont des espaces productifs importants. Ils ne sont pas que des terminus ou des départs de marchandises. La présence à leurs abords de zones franches, qui sont des espaces de fabrication avec un système fiscal avantageux, montre l'intense activité industrielle. Ils sont aussi reliés par un réseau de transports bien développé. Les ports sont associés à des **villes ou métropoles** plus ou moins éloignées et qui sont des espaces productifs importants notamment dans le domaine des services. À la périphérie des villes se multiplient les espaces productifs qui s'appuient sur la recherche et l'innovation comme les **pôles de compétitivité** en France. Le besoin toujours plus grand de ressources pousse à l'intégration de **nouveaux espaces productifs** comme la délocalisation d'usines chinoises en Afrique subsaharienne voire dans des espaces à fortes contraintes comme la forêt amazonienne ou les déserts.

DES RICHESSES IMPORTANTES MAIS DES INÉGALITÉS

La production de richesses augmente à l'échelle mondiale. En 2017, le PIB annuel mondial atteignait 79 800 milliards de dollars. Ce sont les **pays émergents** qui réalisent la moitié de la croissance économique mondiale. Pour autant, cela ne signifie pas que les bienfaits de cette croissance économique touchent toutes les populations. De nombreuses inégalités demeurent aussi bien à l'échelle mondiale entre les États qu'à l'échelle nationale au sein des populations. Les pays des Nords et les pays émergents concentrent les richesses. Les périphéries sont intégrées ou en marge de ces dynamiques.

3. LES SYSTÈMES PRODUCTIFS FRANÇAIS

Les recompositions des espaces productifs mondiaux ont conduit aussi à la transformation des systèmes productifs français. Les acteurs des systèmes productifs sont multiples : l'État est souvent à l'initiative de grands projets économiques ou les soutient. Les entreprises investissent dans des activités et des territoires. La France possède un bassin d'emplois important et de nombreuses qualifications. Il est possible de voir par grands systèmes productifs les recompositions en jeu.

LE SYSTÈME PRODUCTIF AGRICOLE

Le système productif agricole français a connu de profondes mutations avec l'intégration européenne et la mondialisation. Pour rester compétitive, l'agriculture française s'est tournée vers l'intensification et l'innovation. Les méthodes de culture ont recours à la mécanisation et à la motorisation. Les productions sont soumises à la concurrence. C'est le cas de la production céréalière et les grands champs de la Beauce en openfield visent un marché national et européen. La **filière agroalimentaire** s'est développée : du champ à l'assiette, la production passe par un grand nombre d'acteurs et de lieu, de l'agriculteur à l'usine de conditionnement. L'UE avec le système de la PAC (politique agricole commune) soutient l'agriculture des États membres mais encadre aussi les débouchés pour assurer à tous un marché.

LE SYSTÈME PRODUCTIF INDUSTRIEL

Le secteur industriel a lui aussi connu de profondes mutations. Moins localisées dans les régions traditionnelles, les activités industrielles se sont diffusées dans le territoire français. Les espaces productifs littoraux connaissent un essor comme à l'échelle mondiale. Surtout, la localisation s'explique par la possibilité pour les entreprises industrielles de s'appuyer sur un réseau d'entreprise. Ce sont les **clusters** (cf. écosystème et cluster). Des pôles de compétitivité sont créés à l'initiative de l'État comme la Cosmetic Valley dans l'industrie de la parfumerie et des cosmétiques de luxe. Autour de la ville de Chartres, des entreprises comme Guerlain ou LVMH se sont associées pour permettre la recherche et l'innovation. Les entreprises s'installent dans les villes proches comme Orléans au sud ou Rouen au nord mettant ainsi en réseau d'acteurs et de lieux.

LE SYSTÈME PRODUCTIF DES SERVICES

Ce système productif est très dynamique car la France est **tertiarisée**. Il s'appuie sur les villes qui sont au cœur des systèmes productifs. Elles donnent l'impulsion du dynamisme économique à toutes les échelles. Les services sont un secteur très hétérogène qui emploie aujourd'hui plus de 75 % de la population active française. Le système productif des services repose principalement sur une économie présentielle c'est-à-dire l'économie basée sur la population présente sur le territoire où les activités de service sont installées. Cette population produit et consomme localement. On retrouve donc les services publics mais aussi les activités comme le commerce local, les activités de loisirs ou récréatifs... Le tourisme est aussi une activité qui s'intègre à ce système productif et qui est essentiel pour l'économie française.

CHAPITRE 17

TRANSITION

1. UNE TRANSITION OU DES TRANSITIONS ?

Le concept de transition est au cœur du programme de seconde. La transition désigne **l'ensemble des changements qui affectent l'espace mondial mais aussi à toutes les autres échelles : régionales, nationales et locales**. Il existe donc des transitions car les changements s'appliquent à de nombreux domaines. Voici quelques exemples :

- **La transition démographique :** il s'agit du changement de croissance de la population. La mortalité s'effondre permettant une forte croissance de la population grâce à un solde naturel positif. La transition se termine quand taux de mortalité et taux de natalité sont bas stabilisant la population ;
- **La transition économique :** il s'agit du développement de l'activité économique qui permet à un territoire de créer de la richesse et subvenir aux besoins de sa population ;
- **La transition urbaine :** il s'agit du passage sur un territoire d'une population principalement rurale à une population urbaine. La ville devient le cadre de vie principal ;
- **La transition alimentaire :** il s'agit du passage d'une alimentation traditionnelle à une alimentation diversifiée et souvent mondialisée. Les pratiques de production et de consommation des aliments sont modifiées. La transition alimentaire touche particulièrement les territoires émergents ;
- **La transition énergétique :** il s'agit de la modification des modes de production et de consommation des énergies dans un souci de durabilité. Pour limiter l'exploitation des ressources énergétiques et limiter les pollutions, la demande en énergie doit être réduite et il faut aller vers le mix énergétique.

2. LA TRANSITION DÉMOGRAPHIQUE À L'ÉCHELLE MONDIALE ET SES CONSÉQUENCES

La transition démographique est une des transitions qui a profondément modifié les États et les territoires.

LE PRINCIPE DE LA TRANSITION DÉMOGRAPHIQUE

La transition démographique se déroule en plusieurs **étapes**. Dans la phase pré-transitionnelle, le taux de natalité et le taux de mortalité sont élevés. La population augmente peu et est fragilisée par des crises démographiques. La mise en place de politiques d'hygiène, l'éducation ainsi que l'accès aux soins font chuter le taux de mortalité alors que les naissances restent élevées. L'accroissement naturel, c'est-à-dire la différence entre les taux, est fort : la population explose. Face à la chute de la mortalité et la survie des enfants, le taux de natalité baisse. La population se stabilise. L'explosion démographique est à double-effet : elle permet un renouvellement de la population et apporte de la main-d'œuvre mais il faut des moyens, des équipements et des infrastructures pour accueillir cette nouvelle population.

UNE TRANSITION DÉMOGRAPHIQUE QUI SE TERMINE À L'ÉCHELLE MONDIALE

Les États développés et post-industriels ont effectué leur transition démographique aux XVIIIe et XIXe siècles. Ce sont les pays émergents et les pays en développement qui ont réalisé ou réalisent encore cette transition aux XXe et XXIe siècles. Cela a conduit à l'augmentation importante de la population mondiale : **en 1950, la population mondiale était de plus de 2,5 milliards d'habitants, en 2020 elle est à plus 7,7 milliards soit en 70 ans une population qui a triplé**. La diffusion des innovations médicales, l'augmentation du niveau de vie a conduit à la baisse de la mortalité notamment infantile. Aujourd'hui la transition démographique a encore lieu sur le continent africain. Mais cette croissance démographique rend parfois difficile le développement quand les États ne possèdent pas les infrastructures et les équipements pour permettre aux populations de s'épanouir.

3. LA TRANSITION ÉCOLOGIQUE : UNE NÉCESSITÉ POUR LUTTER CONTRE LE RÉCHAUFFEMENT CLIMATIQUE

Le changement climatique est reconnu par la communauté scientifique et la grande majorité des États. La montée des températures a des conséquences pour les sociétés humaines : augmentation des risques, péril sur les ressources et des cadres de vie fragilisés. L'idée d'une transition écologique est au cœur des débats politiques.

UN MODÈLE DE DÉVELOPPEMENT DURABLE

La transition écologique est intégrée dans les objectifs du **développement durable**. Pour répondre aux enjeux environnementaux, d'autres modèles de développement sont élaborés. La transition écologique est donc plus un **mouvement général** qui permet une multitude d'actions pour réduire l'empreinte écologique et l'impact des activités humaines sur les ressources et l'environnement. Depuis 2017, le ministère de l'environnement en France est devenu le Ministère de la Transition écologique et de la solidarité.

UNE TRANSITION QUI ENGLOBE D'AUTRES TRANSITIONS

La transition écologique repose donc sur des **mutations dans plusieurs domaines**. Elle repose sur une consommation réduite et d'autres modèles de développement urbain, de mobilités plus douces et d'un retour au local. La question des villes durables s'inscrit donc dans la transition écologique : nourrir la population urbaine, fournir de l'énergie, lutter contre la pollution… Autant d'objectifs qui permettent la mise en place de la transition écologique. Ainsi, si l'État initie cette transition, les acteurs locaux publics et privés sont primordiaux (cf. développement durable).

4. LA COP DE PARIS : UN EXEMPLE DE CONCERTATION ET DE COOPÉRATION

Pour permettre la transition écologique et notamment les transitions énergétiques, alimentaires et autres, les États se réunissent et se concertent lors de grandes conférences que sont les COP. Lors de la COP 21 à Paris en 2015, les 195 États présents et l'UE signent le premier accord universel pour le climat appelé accords de Paris. La question du réchauffement et de l'augmentation des gaz à effets de serre préoccupe les États et la société civile. Les conséquences seraient la montée des eaux, des cataclysmes naturels plus violents et fréquents et de ce fait une vulnérabilité plus grande de certaines populations. Les États depuis le Protocole de Kyoto en 1997 ont établi des quotas d'émissions de gaz à effets de serre. Les accords de Paris réaffirment les ambitions et encadrent davantage les contrôles. L'objectif d'ici 2100 est de maintenir le réchauffement climatique en dessous de 2° afin d'éviter le réchauffement irréversible de la planète. Mais ces intentions rencontrent des difficultés d'application face aux activités économiques mondialisées.

CHAPITRE 18

URBANISATION ET MÉTROPOLISATION

1. COMMENT DÉFINIR URBANISATION ET MÉTROPOLISATION ?

L'urbanisation est le processus qui voit un espace rural se transformer en espace urbain, une société rurale devenir une société urbaine. L'urbanisation est donc une transition. Quand les populations et les activités se concentrent en ville, les lieux de commandement se polarisent aussi dans l'espace urbain. Un phénomène de métropolisation se met alors en place. La métropolisation hiérarchise alors les villes et les territoires urbains.

UNE URBANISATION VENUE AVEC L'INDUSTRIALISATION

L'industrialisation progressive des sociétés a amené les activités dans la ville avec l'instauration à partir de la fin du XIXe siècle du travail en usine. Les populations rurales se sont déplacées vers les villes dans un mouvement **d'exode rural** : les populations des campagnes partent s'installer en ville. L'urbanisation ne se déroule pas au même moment et de la même manière dans tous les États. La France est par exemple un pays qui est resté longtemps rural par rapport à ses voisins britannique ou belge. La population urbaine dépasse la population rurale à partir de 1931 mais l'urbanisation connaît une réelle accélération après la Seconde Guerre mondiale pendant les Trente Glorieuses.

UNE MÉTROPOLISATION INTENSIFIÉE PAR LA MONDIALISATION

La mondialisation concentre dans les villes les populations et les activités. Les villes deviennent attractives pour les investissements et les flux de capitaux. Ainsi, **les fonctions de comman-**

dement et de décisions se concentrent dans certaines villes, les plus attractives. Ce processus de concentration est la métropolisation. Une métropole est une « cité-mère » si on reprend son origine antique : elle est le lieu qui impulse les dynamiques économiques et politiques. Elle a donc un rayonnement sur son territoire urbain mais aussi sur le territoire rural qui l'entoure. Urbanisation et métropolisation sont deux processus qui aujourd'hui fonctionnent ensemble.

2. UN MONDE DE PLUS EN PLUS URBAIN

La répartition et les dynamiques de peuplement actuel à l'échelle du monde montrent une urbanisation croissante des territoires. En 2018, 55 % de la population mondiale vit en ville. Mais on assiste aussi à l'émergence d'un monde de métropoles.

L'URBANISATION DU MONDE

Le monde connaît une **transition urbaine** qui voit une population majoritairement rurale devenir urbaine. Les villes gagnent dans un grand nombre de territoires des habitants soit par l'exode rural soit par la croissance naturelle. La transition urbaine est terminée en Europe, en Amérique et dans certains pays d'Asie comme le Japon ou la Corée du Sud. D'autres pays en Asie ou en Afrique ont encore une population rurale majoritaire mais la dynamique urbaine est lancée. Les villes s'agrandissent mais s'étalent aussi. Cet **étalement urbain** grignote les espaces ruraux et instaure des dynamiques de **périurbanisation**. La ville s'étend au-delà de ses limites administratives avec l'installation de quartiers résidentiels qui voient les habitants vivre en périurbain mais travailler dans le pôle urbain.

LES MÉTROPOLES MONDIALES

Les métropoles sont donc les villes qui concentrent population, activités et fonctions de commandement. Elles se situent au sommet de la hiérarchie urbaine. Ce sont les moteurs économiques des territoires nationaux. Les grandes métropoles mondiales sont New York, Londres, Tokyo, Singapour ou Paris et sont des **villes globales**. Leur rayonnement est international. Des métropoles secondaires comme Madrid, Sao Paulo, Mumbai sont des **villes mondiales**. Leur rayonnement est mondial dans un ou deux domaines particuliers. Les fonctions métropolitaines sont souvent mises en valeur à travers un **marketing territorial** qui permet de garantir l'attractivité des métropoles.

3. LA MÉTROPOLISATION DE LA FRANCE

Les villes françaises connaissent le même processus de métropolisation qu'à l'échelle mondiale. Mais le processus est différencié sur l'ensemble du territoire.

PARIS : CAPITALE DE LA FRANCE ET VILLE GLOBALE

Paris est la seule métropole mondiale du territoire français. Elle est déjà la capitale de la France et regroupe sur son territoire les lieux de commandement à l'échelle nationale et ce malgré la décentralisation. L'aire urbaine de Paris concentre plus de 20 % de la population nationale. Un tiers de la population est constitué de cadres car Paris concentre les grandes universités et écoles mais aussi les grandes entreprises et grandes administrations. Les réseaux de transport sont structurés autour de la capitale. Les deux aéroports mondiaux Orly et Roissy font de la ville un hub à l'échelle européenne. Le patrimoine culturel et historique en fait une des principales destinations touristiques. Il existe sur le territoire une **macrocéphalie parisienne**.

DES MÉTROPOLES RÉGIONALES AMBITIEUSES

Les métropoles régionales ne peuvent pas concurrencer avec Paris mais leur poids dans l'organisation territoriale n'est pas à négliger. Leur rayonnement est régional. Le réseau urbain et métropolitain français est celui de villes moyennes à l'échelle de l'Europe. La métropole est **un statut administratif** depuis 2014 :

22 métropoles sont ainsi comptabilisées sur le territoire français comme la Métropole de Lyon, Bordeaux Métropole ou l'Eurométropole de Strasbourg. Il s'agit d'établissement public de coopération intercommunale (EPCI) de plus de 400000 habitants ou de 250000 habitants si elle se structure autour du chef-lieu de région. Les 22 métropoles concentrent 39 % de la population, 43 % des emplois et produisent 51 % du PIB français. Cette métropolisation produit cependant des inégalités entre les territoires car le phénomène de polarisation désavantage les territoires que la métropolisation marginalise.

34/38, rue Camille-Pelletan – 92309 Levallois-Perret cedex
Imprimerie SEPEC Numérique – 01960 Peronnas – N10807210251
Imprimé en France – 1er trimestre 2021

Service éditorial : Charlotte Debroise, Benjamin Dias Pereira, Deborah Lopez, Myriam Pasek
Conception graphique : Lauren Arlot, Alexandre de Gassowski

Dépot légal à parution
ISBN 978-2-7590-4672-0